U0003867

LOCUS

LOCUS

LOCUS

LOCUS

跟中醫‧談戀愛

―序―

俗話說：「善有善報，惡有惡報，不是不報，時候未到！」

但是，如果你漠視、壓榨某樣東西，它不但錙銖必較，還一定讓你看見「現世報」，那就是「健康」！所以，別自以為年輕，就當真青春無敵，卯起來揮霍精神體力，等發現苗頭不對，那就只有自求多福了！

醫生，是個奇特的行業，因為經手的是一條條人命，沒了就沒了，不是GAME OVER 掛了可以重來；每天進出醫院的，也不是貨物商品，來了個麻煩病人，醫生也難退貨拒收。

生病本就沒人愛，但有很多疾病是患者自己率性、隨手「造就栽培」出來的，看病、接受治療，不等於把燙手山芋丟給醫生，更不該認為從今爾後是好是壞，唯醫生是問。

記得莊淑旂博士語重心長地說過：「對一個沒生病的人，再怎麼告訴他，自我健康管理的重要性，通常都是聽不進去的。等哪天，病纏上了身，如果自己對健康認知的

心態與生活習慣，還是不肯改變，醫生所能幫得上的忙、能做的治療，其實是有限的。」

　　對抗疾病，就病人來說，不論是中醫、西醫，只要醫生能把關，沒有副作用地把病給治好，不殘留藥害、後遺症，就是成功的好醫療。只是說到中醫，你的直覺是什麼？如果你生病了，會馬上想到，先去給中醫望聞問切嗎？還是只當中醫是「不得已之下」試試的備胎？

　　對病人來說，看西醫很順理成章，所以都比較知道要怎樣「適應」看西醫；那中醫呢？中醫也是病人可以的選擇之一，可是中醫不像西醫，常常會說出讓病人看不見、感覺不是那麼容易清楚明白的醫理，讓病人「只好」對中醫試著「賭賭看」，若有效了，就算賺到吧！

　　生病了，如果病人選擇要看中醫，要怎樣知道自己是不是找對了中醫師？找中醫看病，和看西醫有著完全不同的溝通方式，病人該如何聽懂和回應中醫的望聞問切？傳說中，中醫看病吃藥，一個療程拖很久，如何知道自己眼前這位中醫的治療，是對證下藥了呢？

　　中醫，挺「玄虛」的，看病時既沒X光片，又沒數據

報告什麼的，憑的是什麼啊？就靠一張嘴說說？說的又常是病人有聽沒懂的？給中醫看病，光是吃個藥，不就得拖個好一陣子嗎？中醫不是在「養生調理」、「跌打損傷」方面比較行嗎？

從小，我們接受到的健康教育，沒有丁點中醫學！中醫是什麼？是種橫亙千年的經典「生活醫學」嗎？還只是看病醫生的一種？中藥嘛，不就是籠統的有病治病、沒病強身，用來改善體質、養顏美容、或進補養生用的嗎？而經絡穴位的針灸、推拿、按摩、拉筋……不過是民俗療法而已吧？太多的以訛傳訛，導致許多年輕人聽到中醫便嗤之以鼻，也越不信這一套！

中華文化數千年的傳承上，舉足輕重的中醫學，跟日常生活總是會有許多關聯。每當換季或有流行傳染病，很多人就會「自動」到中藥房，買些可以預防的藥材煮來喝，這樣一窩蜂的需求量，還會讓中藥材價格倍數上漲。但在基礎學習教育、或普遍衛教常識認知上，中醫中藥到底是怎麼個治病法？卻又跟我們好像八竿子打不著！

和中醫的緣分，怎麼也說不清。三十年的資深病人，

五次的手術，長年累月擺盪在中醫西醫之間，原本，也曾把中醫學很多古籍、醫案，當「科幻小說」看；直到病痛逼人，不得不設法尋求自救。和中醫學，幾度擦身而過，幾度若即若離霧裡看花，當試著把自己交給中醫學，讓他引領，進入中醫的時空殿堂穿梭，赫然發現，一路走來，一路挖寶，令人拍案叫絕之外，驚豔迷戀不已，和中醫談戀愛，果然真的是魅力無法擋、難以自拔啊！

謝謝教導我跨進中醫門的倪海廈老師；謝謝這十多年來，指點我對「健康管理」重新認知，並且在「修行」健康管理一路上加油打氣的莊淑旂博士；謝謝百忙中仍撥冗，幫忙審校書稿的耕德中醫診所陳再程院長。

花了三十年摸索，終究覺悟：

沒生病的時候，當學習順應天時地利的自然以養人和，是再簡單、實際不過的養生保健、抗衰老方法！

當生病的時候，病人和家屬，該知道如何選擇一種治療方式，是降低副作用殺傷力、是對恢復健康更好的！而不是病人和家屬，面對麻煩疾病，在驚慌失措下，只能以「肉身」去試。

第一章
邂逅

　　四、五〇年代的台灣，一般的尋常百姓，過日子算很艱苦，柴米油鹽醬醋茶，不但可以講價殺價，手頭實在不方便，想要賒帳，商店老闆大多數也是有得商量；唯有生病看醫生，尤其是碰上重症、要住院或動手術時，保證金，有時好比是張閻王帖：要錢沒有，要命？自求多福、看著辦吧！

－ 藥酒 －

　　我老爸是相信有備無患的人，在家裡總是非常慎重其事，用厚玻璃大圓罐，浸泡一大罐跌打損傷專用的藥酒，閒來三不五時，還要從床底下拿出來，整罐抱起來搖晃一下。

　　請別懷疑，是我家小孩特頑皮，三天兩頭跌跌撞撞搞受傷，四、五〇年代的小孩，以現在眼光來看，簡直是乖到呆、近乎笨！純因我爸相信，他老家代代相傳的治跌打

古方，肯定有與眾大不同的功效。長大後，回頭想，這罐藥酒對老爸的意義，應該不止在療傷止痛，裡面還浸泡了濃濃的思鄉情愁吧？

　　藥材有哪幾種？用的是什麼酒去浸泡？要浸泡多久？早已不復記憶，但那不去晃動，盛在玻璃罐裡，像陽光般，剔透的色澤，亮晃晃中，是很魅惑小孩好奇心的。每回要用時一開封，藥酒不但不嗆鼻，還挺香的，重要的是，對推拿瘀青還真有效。老爸教我們：剛撞到很痛很痛的時候，只要先用棉花蘸藥酒，輕輕的點一下點一下、敷一敷就可以，等不那麼痛了，再推揉散瘀。

　　藥酒香香的、搽在受傷的皮膚上，冰冰涼涼的感覺，把腫痛都給壓下去了。從小我們摔了、撞了，只要沒破皮流血，都會自己從床下推出那一大罐藥酒，拿團棉花蘸上，煞有其事地自行推揉一番。而我，總不忘在有人開藥酒的時候，湊過去對著罐口深呼吸，就是香啊！好聞極了，說不定，日後的好酒量，就這樣給練出來的。

　　有回，爸的一位老鄉受了內傷，專程上門討藥酒，他不但倒了些回去要推拿，還當場先喝了幾杯，雖然是用早

年那種小小的祭祀用瓷酒杯，但看得我們小孩瞠目結舌，著實擔心了好幾天，就怕他會死翹翹，會害我們全家遭殃！因為醫生開的外用塗抹藥膏，如果誰膽敢放進嘴裡吃吃看：「小心沒救、會死翹翹！」從小，我們就被這樣嚴屬的警告著。

　　有天，小二時的一個班上死黨，在學校頑皮，小腿撞了一片瘀青，她家有五個小孩，住我家附近的一片違章建築中，爸爸是退伍老兵，天天騎著腳踏車、載著可背的木箱子四處轉，有人修鞋就修鞋，沒人修鞋就當街找個角落幫人擦皮鞋。她媽媽打小孩超出名，觸手可及之物，無一不可當「刑具」；摔跤回家，皮是不是？連路都不好好走？先海扁一頓再說。

　　死黨嚇壞了，這時義氣相挺是一定要的啦，所以在吹噓藥酒神功神效下，為了幫她快速去掉隱隱發青的撞傷，放學溜回家，用大湯匙偷舀了好多藥酒放在她的水壺裡，小孩直覺嘛，想她家小孩多又老被她媽揍，以後一定也會常常

用得到，所以就一瓢又一瓢的加，讓她回家趁白天爸媽不在、趕快推揉散瘀好滅跡。

　　結果咧？唉，我倆的下場也滿悲慘的：死黨罪上加罪，摔跤之外，還膽敢搞了一身酒氣回家；而我，有事不跟大人說清楚，商量一下，莫名其妙糟蹋了大半罐子藥酒，我家父慈母嚴，老爸向來連動口，都超和顏悅色的「道德勸說」，從不打小孩，偏偏那天，我爸出差……。

─ 外婆 ─

　　外婆是位傳統的台灣老阿嬤，不識字。天天大清早即起，一絲不亂的在後腦勺梳上光亮髮髻，抹上桂花油，然後才梳洗，開始一天的作息。她的人生教育，來自代代相傳的：「自古早時，人攏嘛是按呢……。」

　　女孩長到十幾歲，象徵開始轉大人的初潮，對外婆來說，是她表現疼愛外孫女，一生中的第一件大事：「女孩子家，月經不顧好，以後要怎麼去捧人家的飯碗？去幫人

家傳宗接代？」對才國一的小女生來說，不禁心裡嘀咕著：「阿嬤你也想太多了吧？」

　　從第一次月事被外婆知道，有一把年紀的她，會暗算周期，時間差不多了，外婆會追著問：「來了沒？第幾天了啊？」很叫小女生尷尬到有點抓狂，外婆說話啦：「我要幫妳款四物燉補，這是為妳一世人好，要乖乖喝！」

　　坦白說，外婆燉的四物湯還滿好喝的，每個月燉的東西又不一樣，有時是土雞腿、有時是雞翅、有時是里肌肉、小排骨、鰻魚……在食用前，灑點米酒進去，一盅四物湯，熱氣騰騰香氣撲鼻，幾次之後，我弟忍不住抗議：「為什麼女生喝，男生就不能也一起喝？」

　　簡簡單單的四物：當歸、熟地、白芍、川芎，讓當年的小女孩，對中藥留下好印象，特別是看到有些女同學，飽受經痛之苦，開始覺得阿嬤是「老先覺」，她三年三十六次不間斷的調理和用心，讓我一生，真的都不曾月月受過折騰。

　　如果，妳錯過了初潮的調養，那也沒關係，莊淑旂

博士說：「女人的一生，有三次調養身體的機轉，第一次在初潮，第二次在懷孕生產坐月子，第三次，在更年期時。」博士推薦女孩在月事過後：「吃吃紅豆飯、龍眼肉甜米糕，都是不錯的保養食物。如果會貧血，就用腰子肉、魷魚乾，不加任何調味料，用兩碗水，放進電鍋蒸一小時，喝湯就好。」

　　有回看到報上醫藥版談子宮肌瘤、巧克力囊腫、子宮內膜異位的問題，博士很感慨：「很多患者，都是因為生理期間不當回事所造成的，像頭髮沒乾就去睡覺、吃冰、吃生冷的食物，大部份的經痛，並非身體有什麼異狀，多是經血逆流凝成血塊所造成的。子宮遇冷會立即收縮，原本子宮內要汰換的老舊細胞，該隨經血一起排出體外，倘若出口收縮不流暢了，回堵的內膜組織一再累積，或附著在腹腔、或在卵巢、或在子宮肌層，久而久之，婦科病變就因此而來。甚至經期間的感冒，都是很威脅女孩一生健康的事。」採訪時，博士跟我說：「經期間，簡單的用小紅豆加老薑來燉湯，燉到豆子開花，再放黑糖。別小看這紅豆湯，可以促進新陳代謝、幫忙子宮收縮，還可以排除

污穢。」

　　所以，認真的女人雖然最美麗，但是懂得照顧和珍惜自己健康的女人，才是最聰明的。沒了健康哪來好氣色？用再多的保養品，塗塗抹抹或吃吃喝喝，吸收不了，豈不是多花冤枉錢？贊助廠商業績又白做工？更何況，別以為做足「表面工夫」，就能遮掩真實年紀，不知不覺中流露出來的體能老態，一樣穿幫！

　　自古以來，「男子二十弱冠，女子十五及笄」的成年禮，就女生的部份，其實是有一個小秘密藏於笄中，古時候，女孩子的成年禮，是以第一次月經來潮之後為認定，而不是硬性規定在幾歲舉行。外表上，梳妝打扮要換成盤髻髮型，簪上一根簪子，好讓人家知道吾家有女「已」長成。第一年一支，第二年兩支，第三年換插有三齒的小梳子，這樣有人來提親說媒，一看小姐頭上髮簪，就知道這家女孩，能不能嫁人傳宗接代了。

　　還好，現在女孩成年不興這規矩，否則粉領單身貴族到處有，不婚也自有不婚的一片海闊天空，只要當事人自己有盤算，能快樂過生活，自是毋庸他人置喙。

－ 補冬 －

立冬補冬，在外婆來說，是很慎重其事的。「補冬？補嘴空啦（台語）！」很鐵齒的舅舅對補冬，總覺得是在巧立名目吃吃喝喝，他才不信這一套。

至於我們小孩，通常是要看到那鍋東西，對不對胃口，敢不敢吃，才一致決定，今年立冬，要不要「被進補」。因為補藥有時候，為了加強藥效，會放進一些奇奇怪怪的東西去燉，還挺驚嚇小孩的。

一年有二十四個節氣，分別是：立春、雨水、驚蟄、春分、清明、穀雨、立夏、小滿、芒種、夏至、小暑、大暑、立秋、處暑、白露、秋分、寒露、霜降、立冬、小雪、大雪、冬至、小寒、大寒。為了方便記憶，二十四節氣可是有歌訣的：春雨驚春、清穀天；夏滿芒夏、暑相連；秋處露秋、寒霜降；冬雪雪冬、小大寒！

別輕忽這二十四節氣，因為天候的二十四節氣，對應人體二十四經脈，大家都聽說過，人的一邊手腳各有十二條主要經脈，聯絡著五臟六腑，分別是手太陰肺經、手陽

明大腸經、足陽明胃經、足太陰脾經、手少陰心經、手太
陽小腸經、足太陽膀胱經、足少陰腎經、手厥陰心包經、
手少陽三焦經、足少陽膽經、足厥陰肝經。左右對稱乘以
二，人的四肢二十四經脈便是因此而來。

　　中醫認為肺朝百脈，所以節氣變化和我們人的肺臟，
是很息息相關的。學中醫必讀的《黃帝內經・素問》，在
「六節臟象論」中說：「肺者，氣之本」，在「靈蘭秘典
論」中提到：「肺者，治節出焉」。好玩的來嘍，肺在胸
腔中，外有肋骨保護，知道身上左右各十二支肋骨吧？加
起來不就正好是「二十四」嗎？中醫說天人相應，看，果
然自有奧妙在其中！

　　你也許要說，肺管呼吸，幹嘛扯上肋骨啊？這當然也
是有典故的，話說在《內經》幫黃帝解惑的岐伯，在「陰
陽應象大論」中，告訴黃帝：「天氣通於肺」。因為我們
人，就是靠著肺的呼吸、肺的氣，在和天地自然間做交
流。常聽到的「氣候、氣候」，岐伯是這麼解釋的：五天
為「一候」，三候十五天呢，就叫做「一氣」！一年十二
個月，每個月有兩個節氣，除了是反應氣候變化外，也是

掌握農耕的參考，對一般百姓來說，有著日常生活起居的天候變化提醒，比方說「驚蟄」這個節氣，有句曆法上的諺語：「未過驚蟄先打雷，四十九天雲不開」、「驚蟄刮北風，從頭另過冬」，農家也都知道：「冷驚蟄」將會「暖春分」。

再用「肺者，治節出焉」，來印證中醫的天人相應，說白了，摸摸身上手腳四肢，是不是有十二個主要大關節？每一個關節是不是有兩個關節面？加總起來，是不是「剛好」又「二十四」？四肢應春夏秋冬四時，手腳每一肢有六個節面應風、寒、暑、溼、火、燥六氣，就是中醫說的「六氣為一時」。這下就知道，為什麼關節有毛病的人，都遲早會變成氣象局了！而且，氣象局還會播報失靈，關節有毛病的患者越資深，對氣候變天也越神準。

中醫講究天人要合一，四季在更替，人體也要能跟得上大自然變化的腳步，不受虛邪賊風侵襲。《內經》裡岐伯有交待：懂得養生道理的人，生活起居作息要隨大自然歲月更迭變化為依歸，並且隨時調節自身的機能來相適應，這樣才能保持身體和精神的飽滿，而得以盡享其天

年。

「八珍」和「十全」，是大家熟悉的補冬湯方，八珍是「四君子湯」加「四物湯」，四君子湯包括了黨參、白朮、茯苓、炙甘草用來補氣，四物湯的當歸、熟地、白芍、川芎用來補血。十全大補湯，則是多加兩味：肉桂和黃耆，用來溫補冬天隱藏起來的陽氣以禦寒。有句消遣人的台灣俚語：「妳喔，十全欠兩味！」聽過嗎？就是「八珍」，台語的三八啦！

不過，現在生活起居飲食堪稱「正常」的朋友，真的還不多，日夜顛倒、熬夜趕工，餐無定時、定量就更別談了，運動嘛，有空再說……所以在沒搞清楚自己是虛？實？寒？熱？燥？體質之前，能不能進補？該怎麼補？還是別人云亦云，少補為妙！真的不要隨便補，補能戀邪，意思是指，進補到不該被補的東西上去了，比方身上的病灶，因錯補而火上加油了。藥補，還不如三餐正常均衡的食補。否則啊，別到時補出問題，還讓中醫中藥，給背上莫名冤枉的黑鍋。

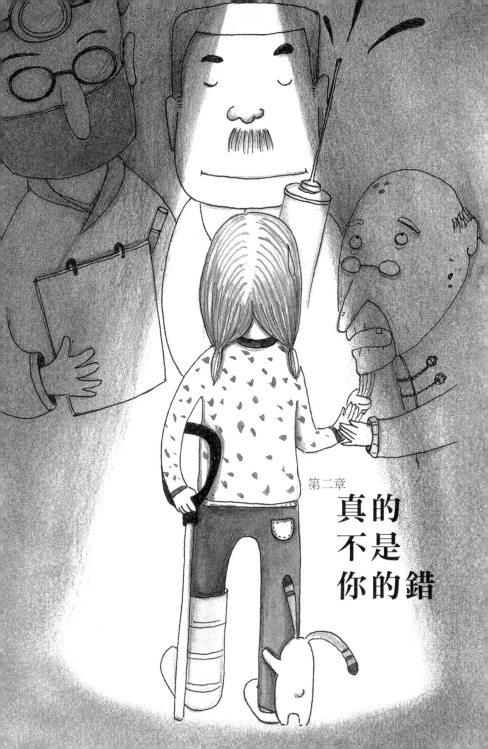

第二章

真的不是你的錯

　　點穴，武俠小說裡最不費吹灰之力，不必怎麼打得你死我活，就能擺平對手的絕招，是我會讀武俠小說後的宇宙無敵超級崇拜。第一次讀到「解鈴還需繫鈴人」這句話時，直覺錯了錯了，應該是「解穴還需點穴人」！

— 車禍 —

　　三十多年前，剛過完二十二歲生日後沒幾天，一場煞車失靈的車禍，毀了我一生的健康！

　　一場幾乎沒外傷的車禍，左腳行動卻越來越不便的後遺症，讓我疲於奔命在台北市各大醫院。不同的醫院、相同的骨科，卻沒一家開出一樣的病因。在最後不用

勞保自費求診，台北榮總揭曉是「腰椎第三四節，脊椎板間突出壓迫左腳坐骨神經」之前，各家醫生開出的診斷包括：骨盆不對稱、先天長短腳、大腿骨有問題……。

　　兩個月後，住進空軍總醫院，第一個星期，每天來回不同的醫生「問診」，同樣的問題，天天對不同的醫生回答，可是卻沒人可以肯定的答覆我，將接受怎樣的治療？明顯跛行、萎縮的左腳怎麼辦？站著坐不下去、坐下了又站不起來、上床後無法下床走路的狀況，該做怎樣的改善？

　　談到「脊椎板間切除」手術，當時空總的一位主任醫師，竟大言不慚的誆我：「開脊椎，一刀從頸椎劃到尾椎，妳一個年紀輕輕的女孩，能看嗎？」主任大人，你當病人是沒知識的白癡耍著玩嗎？後來幫我動「脊椎板間切除」手術的三總神經外科鄒傳愷主任，只在腰椎留下二十公分左右的疤痕，並且告訴我，我既沒長短腳，骨盆也好、大腿骨也好，一切都OK正常！

　　至於，「真的不是你的錯」這件事，說來三總當年那位實習醫生，還挺無辜的。我開刀前一天，他來做術前確

認報告時，躺在病床上的我，真的左腳還能向上、咬牙努力苦撐的抬高約五十度角左右。

「哇，怎麼這麼厲害？」實習醫生測完角度說：「妳小腿都肌肉萎縮了，坐呀站呀，連起身走路都很困難了呢！」

「應該是除了在空總住院期間外，我一直有在陸陸續續針灸吧！」

「看中醫喔？」實習醫生表情很古怪。不然是「魔神仔」喔？西醫老是把中醫當什麼看？要不是硬撐著抬完腳，痠痛蝕骨，很難再ㄍㄧㄥ下去，本想繼續追問，那他以為咧？

術後三天，精神恢復了些，傍晚時分，實習醫生來巡房，看我大口大口的吃著外婆帶來的私房好料理，他一臉苦哈哈。

「妳自己說，開刀前一天，妳是不是明明抬腳抬了五十度左右？」

「是啊，你不是說很厲害嗎？」不懂實習醫生在委屈啥。

「妳害我被教授罵、被主任醫師罵，他們說臨床案例，病人頂多能抬十幾二十度左右，怪我到底有沒有認真在做測量？有沒有搞錯啊？」年輕的實習醫生臉上N條線。

看來這幾個月，挨了數不清的或針或灸，勇敢沒白裝，冥冥中真幫了我大忙？維持了左腳一定程度的氣血循環吧？讓我左腳不至於兵敗如山倒得很慘？中醫的三吋針，扎對穴位，那種難以形容、宛如觸電般的痠麻，和「真的是有用」的療效，在我心裡，悄悄播下了好奇的種子，在等待機緣，破土發芽！

― 沒轍 ―

西醫，可以手術拿掉摔歪的脊椎板間，解決壓迫坐骨神經的問題，但對已壓傷的神經，除了做做復健、吃吃消炎止痛、肌肉鬆弛劑外，也坦承沒轍！

可是，只要變天，更別提濕熱、濕冷的季節更替，整

個左腳的坐骨神經，痠麻脹痛。不但坐立難安，嚴重的時候，甚至像有隊螞蟻雄兵，沿著神經線來來回回在操兵，左腳的大小神經，怎麼分佈怎麼走向，我清楚到可以拿支筆，在腿上畫給你看。

才二十歲出頭，往後還有多少春夏秋冬要過？解決辦法總是要想，於是開始深切體會：病急亂投醫！來自四面八方的：「我聽人家說，在XXX，有專治妳這種病的醫生，去看看嘛！」、「那個誰誰誰呀，他的親戚跟妳同症頭，聽說喝幾帖XXX的祖傳秘方，神得不得了，會斷病根喔！」

那幾年，奔波在南北道上，還真應了一家汽車廠的廣告：「台灣頭凸到台灣尾。」一次次的乘興而去敗興而歸，路途中，常在想：如果，醫生在執業的路上，能經歷一次當「重症病人」的苦楚，會不會對患者，有多一份慈悲與憐憫？每當有人嘲笑病患病急亂投醫、自討苦吃時，忍不住偷偷要求老天爺，讓他也嚐一下，被迫病急亂投醫的痛苦與無助！

真正的好醫生要去哪裡找？要怎樣才能碰見對的醫

生？「先生緣，主人福」是句台灣俚語，不止是對我，對普天之下的病人不也一樣？每一個病人，都像苦海中沉浮待救的「中陰身」，如果碰上好醫師，好比得以脫胎換骨重新做人；如果碰上視人命如刀俎上一具「活體」的醫生，真的可能順手推一把，送你直奔萬劫不復！

　　一種米養百種人，醫生也是一樣百百種，只是在面對生生死死、迎來送往習慣之後，疾病對於患者的刻骨之痛，在醫生眼裡成為什麼？不過又是一個見怪不怪、稀鬆平常的CASE嗎？

　　對一個無助的病人來說，在醫生面前，只想卑微的知道兩件事：

　　請告訴我，為什麼我這麼痛？

　　請幫助我，讓我不要這麼痛！

　　如果醫師願意多花一份「追病因、究根柢」的心思，

病人一定會感受得到，並且深深感恩：「只是萍水相逢的醫生，竟然肯用心和我一起奮鬥，對抗病痛！」深信就算醫療是有所極限的，到頭來的結果是否能順心如意，對一個竭盡心思、共同努力過的醫生，病人和家屬感激涕零都來不及了，哪還會有日後對簿公堂的醫療糾紛與牽扯不清呢？

― 鬼神 ―

當被疾病長年累月地愛相隨，真是百分之百不可能的「莊敬自強，處變不驚」！連醫生都難說出個所以然，給個明確答案，何況是六神無主的病人？什麼有的沒的風吹草動，都可以神出鬼沒：「看一個影、生一個囝」！

只要說得出的算命方式：求神問卜、紫微斗數、生辰八字、前世今生、摸骨、米卦、測字、摘樹葉、問小鳥、問乩身，上窮碧落下黃泉，三界九重天，只差沒被列入拒絕往來戶吧？

　　算命這回事，少不了算命師自己的自由心證成份在，一樣的星辰、一樣的八字，還真是一國多制、各自表述，門道多又巧妙演繹各不同。難怪愛算命的人，算到後來真亦假來假亦真，弄到最後稀哩糊塗，最好的解決方法：撩落去，自己拜師學紫微，好好壞壞自己心裡才會有「真」譜。

　　問我心得嗎？老天爺是公平的！以紫微斗數來說，給了每個人十二個宮位，沒有誰是一生的完美無缺，哪怕千算萬算、挑好極美富貴雙全的落土時，破宮人人有，只是看你的是落在哪？數個十年大限，起起伏伏間，機會老天爺一樣給，只是自己懂不懂？能不能？把不把握得住？

　　印證了自己有個很多災多難波波折折的健康，心裡多少也平衡了些，那好吧，既然問題麻煩擺在那裡，就只好面對它，處理它，至於能不能解決？一命二運三風水，四讀書來五積德。比起談命論運講風水，我還是選讀書來得比較實際些吧？至於積德，如果能手心向下，是種福報，比向上強太多了，何樂不為呢？

　　學了紫微當然不免技癢幫朋友看看盤，不過切磋教

學相長成份多，看著看著不免暗自想：一生的路，真的只能按圖索驥？照表操課嗎？如果心中有羅馬，不是也該有條條大路通羅馬嗎？袁了凡先生的名著「了凡四訓」，他講：立命之學、改過之法、積善之方、謙德之效。是了，人定勝天！不是要人卯起來，不管三七二十一的與天抗爭硬幹，而是反諸求己，柔軟、謙遜了該柔軟、該謙遜的心思與身段嗎？

　　一張命盤，可以是一張很好用的「心理」分析報告，客人「問心」，一流算命師「讀心」、「解心」，而江湖術士，察言觀色、七矇八拐，充其量散彈打鳥「猜心」、賭命中率罷了。偏偏六神無主的人，特愛問天問地，就是難以靜心定氣問自己，很多狀況，還真的是自己最心知肚明，只是可憐，一團混亂中，連自己都要欺騙自己。

　　我並不反對算命這回事，因為算命，的確是有它值得參考做決斷的價值。只是，人再潦倒，也不該是只能當順流而下的飄零枯葉落花，老天爺有好生之德，祂絕不會把人往絕路上逼的，「置之死地而後生」、「絕處逢生」、「柳暗花明」等等，不是說說用來勵志的，一線生機，老

天爺一定給，要不要耳聰目明、當機立斷的拿，就得靠自己抉擇了。

　　命理，可以學可以懂，那醫學呢？自求學以來，跟英文有新仇舊恨累積，西醫的事，姑且聽聽西醫說；中醫呢？自恃國文程度也還OK，中文沒障礙，老爸是多所大專院校的國文老師，從小，不管是兒童節、生日、獎勵，收到的禮物，不外是國語日報和東方出版社的童書，老爸不是一本一本的買，而是一次一個系列、一個系列的套書送。長年累月，四個小孩收的書，加上訂閱的兒童雜誌、期刊，累計下來，我家宛如有個小孩圖書館。只是啊，中西名著無所不包中，獨缺漫畫書，因為老爸一口認定，那是開卷無益的閒書。這也造成，時至今日，我還是不太懂看漫畫書，因為不知道畫格順序，上下左右、哪格之後接哪格？

　　紫微斗數也帶到五行生剋，論疾厄也講到五臟六腑，講方位，講時空……，山、醫、命、卜、相，千百年來，無時無地不融在四海華人的生活起居中，無孔不入、無所不在到令老外嘖嘖稱奇！尤其是「醫」與「易」之間，天

地自然生態時空與人體健康的互動影響，令人歎為觀止。
看來，他日如果有機緣，真該找時間，也來敲敲中醫家的
大門。

第三章
埔心老婆婆

　　和腰椎、左腳繼續年年纏鬥，兩軍對陣，可歎啊，我還真沒贏過半次。最痛的抽筋，不是小腿，而是在腰椎。只要姿勢讓腰椎不爽，毫無預警地，腰椎的抽筋，簡直像被高手點穴，剎那間停止呼吸、動彈不得，整個人，就僵在那裡不能碰、不能扶，要淺淺的吸氣、緩緩的吐氣，慢慢的，讓腰椎自己決定遊戲要多久結束。

－ 傳人 －

　　有次剛好開完冗長的會議，才一起身又被點穴，慘狀驚動副總，於是當場寫了張條子：「這是桃園埔心的一個女中醫，總管理處有不少人都給她看過，年紀很大了，脾氣挺古怪的，應答要小心，她怎麼說、妳怎麼聽就是了，別意見太多，有人就被當場轟出去，但這老婆婆聽說醫術極好，找時間去給她看看吧！」

　　下了高速公路埔心交流道，沿路一問再問，終於在一

條偏僻的路旁找到地址，卻是間有些陰暗的小雜貨店。顧店顧到半睡半醒的老伯伯問明來意，招呼在一旁板凳上坐下，入內去叫他太太，也就是傳說中的這位女中醫。

乍見老婆婆，就是有說不出的怪，滿頭白髮雖然梳了髻，卻兩鬢髮絲披散，個頭瘦小佝僂著身子，腳踩傳統黑布功夫鞋，穿著深色唐裝大褂，衣襟上沾黏著灰白的粉末和細絲，走路速度很快，精光四射，說起話來帶著鄉音，一樣又快又抖擻，讓人一下子反應不過來。

「是妳要看喔？」老婆婆一把抓起我的手放桌上脈枕，邊聽我說深受痙攣之苦，望聞問切之後：「拖了幾年有吧？落下病根嘍。」既然婆婆說了，只好囁嚅著坦白說：「是有一直在看醫生、找醫生、換醫生，總是時好時壞，是不是已經很難去斷病根了呢？」

「陽氣者，精則養神，柔則養筋。」老婆婆看著我：「《黃帝內經》聽過嗎？」《黃帝內經》？學紫微斗數時，曾經耳聞，該是本古老的醫書吧？詳細內容就搞不清楚了。「中醫看病，抓主證、識病機，是很關鍵的。」婆婆邊換手把脈：「內經上岐伯說，厥陰司天，其化以風；

少陰司天，其化以熱；太陰司天，其化以濕；少陽司天，其化以火；陽明司天，其化以燥；太陽司天，其化以寒。所以說，治病吶，必明六化分治，五味五色所生，五臟所宜，乃以言盈虛病生之緒也。」

　　這段話寫成文字，或者比較能從字義上看懂，當時老婆婆一串說下來，當真有如唸咒語般，婆婆一副威嚴自成，儘管疑惑，但因副總交待醫生脾氣很古怪，她怎麼說妳怎麼聽就是了，也不敢造次提問。老婆婆或許讀出我滿臉疑惑：「人的四肢關節，能靈活伸縮自如，靠的就是筋。」這我懂，所以點頭如搗蒜。「這厥陰肝啊，在天為風，在地為木，在體為筋，在臟為肝，說的就是這回事。」真不好意思啊婆婆，我還是有聽沒有懂，風是風，木是木，怎麼會跟肝一表三千里呢？

　　「年紀輕輕就這身子病，往後日子還長的哩！」老婆婆眼神一亮：「想學中醫嗎？」嘎？是我的表情很求知若渴嗎？還是對婆婆說的流露出「不懂裝懂」的超崇拜？出乎意料的問題，不知道怎麼回答。老婆婆上下細細打量著我，混身被看得毛起來的不自在。

「妳跟我來！」以為老婆婆要看一下我的腰椎舊傷，忙起身就跟了進去，她帶我穿過幽暗長廊，走到後面一間房門口，掏出鑰匙開了門亮了燈，中藥房的味道撲鼻而來，不同的是，房裡堆著的一麻袋一麻袋裡，藥材或已碾成細絲、或已碎成小片兒，或一塑膠袋一塑膠袋的粉末交錯堆疊著。

老婆婆順手拿個小缽，東一抓西一抓，邊配藥邊說：「我的外公，在海南島，可是人稱海南神醫，很了不得的！行醫是世代家傳，原本是傳子不傳女，可是我外公說，可惜啊，兒孫輩男子，無一人有習醫的天份，唯獨我不一樣，所以從我四歲起，就把我帶在身邊，他把一身家學醫術，都盡傳給我。」猛一聽，竟有些恍惚：好像碰到武俠小說裡，活生生跳出來的人物。

「這幾帖藥吃完，妳一定會回頭再來找我！」老婆婆把藥分三帖：「我的藥材配方和別人不一樣，是祖傳方，不外流，所以先都碎了。」婆婆咧

嘴一笑，指著碾藥器具：「別看我七老八十了，這些活我都還可以自己一個人處理！」原來婆婆身上的灰白粉末細絲，是這麼來的。臨走前，老婆婆斬釘截鐵的交代：「一定要再回頭找我！」如果藥真很有效的話，我心裡OS著：就算不交待，也一定會再來找婆婆看病的啊！

三天後，還真乖乖的回去找老婆婆。

「如何？」一把完脈，老婆婆胸有成竹，嘴角眉梢笑得好篤定。

「舒服多了，謝謝您啊！」

「信我嘍？」

我用力點點頭。

「特別是妳啊，中醫講天人合一，所以要懂春生、夏長、秋收、冬藏的調養，五臟應四時的各有所收受，五行間的相生相剋，是有一定道理存在的……。」這天下午只有我一個病人，老婆婆或許是興起，給我上起課來，前一個小時，真的有很用心在聽，後面越講越深，聽起來越糊塗，想問又有無從問起之感，點頭點到後來，還真怕瞌睡蟲上身。

　　「中醫，是很有意思的。」老婆婆突然神色一轉，目光凌厲嚴肅，我心一驚，暗想完了，她一定發現我沒在努力聽她說話，還閉著嘴猛打哈欠。「我想要妳日夜跟在我身邊三年，要老老實實跟三年，我傳妳醫術，做我的嫡傳弟子！」

　　日夜跟在老婆婆身邊？老老實實跟三年？要怎麼老實法？跟老婆婆習醫？當老婆婆嫡傳弟子？剎那間，完全被驚嚇而清醒！要怎麼婉轉和婆婆說？在我的生涯規劃裡，雖然長年在跟中西醫打交道，可是，我壓根沒想過，就算作夢好了，也從沒夢過要當醫生啊！再說，我還滿喜歡我當時的工作，而且，我才結婚不到兩年，怎麼半路殺出個程咬金？三年，雖然說長不長，可是日夜跟三年，對我來說，錯愕之至，當場就無言發傻了。

　　「畢竟是老嘍……」老婆婆歎息著：「我真心想傳妳醫術，不要什麼束脩學費的，是希望家學後繼有人，放心包我身上，我一定可以醫好妳。我的眼光，不會錯看一個人資質的！」要走前，老婆婆刻意送我出雜貨店，在我發動車子時，婆婆彎腰趴在車窗上叮嚀著：「回去要仔細考

慮、想清楚啊，下次回診答覆我，能當我嫡傳弟子，是妳有我的緣，不但能保妳病好斷根，還會讓妳一生，受用不盡啊！」

— 機發 —

　　儘管老婆婆的兩次藥，真的讓我有段時間，不再受腰椎、左腿的痠痛痙攣之苦，可是，我終究沒再去過埔心。一來是不敢，真不知道怎麼去面對婆婆的「慧眼識徒弟」心意；二來、就是「皮」嘛，很多病人都不也一樣？不痛就OK天下太平了，至於是不是真正痊癒了？哪管那麼多啊，先逍遙一陣子再說嘍！

　　但也實在好奇不解，老婆婆從哪看出什麼端倪？為什麼我有慧根可以學中醫？還可以當她嫡傳弟子？以她的個性，不像會隨便開口要收弟子的吧？不過在虛榮心作祟下，還是不免沾沾自喜了好一陣子。衝著婆婆說我有學中醫的資質份上，當真去書店買了《黃帝內經素問譯解》

和《中醫學概論》，準備好好研讀一下，尤其是《黃帝內經》，這部兩千多年來，歷代醫家奉為圭臬的必讀必背經典鉅作。

只是，這兩部書，翻閱之後，挫折感不斷，可歎古文深誨難讀難懂，譯文又簡而略之。比方說，在《內經・素問》的「調經論篇」，談到針刺補瀉的原理手法，光是身上最基本的手腳十二條主要經脈、再加上任督二脈、奇經八脈，它們的走法與穴位，沒有老師傳授點撥，要想循經取穴，單靠書面文字表述，就是沒法子理得通透。

西醫的解剖學、生理學，對經絡毫無記載，使得中醫的經絡，成了大多數西醫眼中的嗤之以鼻。可是兩千多年前的《黃帝內經》，雖然就把經絡的循行描述得活靈活現，把經絡的行血氣、營陰陽、調虛實、處百病、決死生的功能記錄下來，可我就是雲裡霧裡辛苦摸索。看來，正統中醫學，沒想像中的簡單入門，埔心老婆婆難道只因年紀大了，為急於收徒而哄我嗎？

後來當舊傷復發，又不敢回去找老婆婆，再度成為「四處流浪」的病人。每逢變天痠痛來襲，徹夜輾轉難

眠，不時捫心自問：會後悔沒追隨老婆婆習醫嗎?幾次深思，坦白說，倒也不會，當時太年輕，心性不定，形同三年的「閉關修行」，難度太高了。再則只怕熱情一時、莽撞興起，貿然去了，到頭來，辜負了老婆婆傳承心意，成為逃兵一名，也是大有可能的。

　　車禍之後，看過很多中醫，針也罷、灸也罷、燻也罷、拔罐放血、按摩推拿，無一不試，但唯獨埔心老婆婆的用藥，讓我第一次體會到中醫所謂的「一劑知、二劑已」的用藥如神。老婆婆提過的五臟六腑彼此間的五行生剋，「春生、夏長、秋收、冬藏」之養，與我病相關的「風寒濕三氣雜至合而為痺」，雖然聽來似懂非懂，卻又好像自有道理存在。中醫學對我，充滿稀奇古怪的神秘與好奇，可是這層層疊疊、但也朦朧可視其間物的紗罩，卻是我翻不開的。

　　在這段日子，也曾陸陸續續回西醫門診，但是西藥的副作用，開始出現，讓我警覺到，中醫，似乎成了我面對疾病長期抗戰的唯一選擇。可是，《黃帝內經》裡所說的「醫學」，為什麼和我看過的中醫，除埔心老婆婆之外，

兜不太起來呢？中醫不是要「識病機」？要「辨證施治」嗎？為什麼有些中醫，是循著西醫的模式在看診？就是頭痛醫頭、腳痛醫腳，只是差別在西醫開西藥，中醫開中藥？要是多問兩句，有些中醫還會嗆幾句古文言文，讓你知難而退。

　　如果，疾病像鍋滾燙的沸水，燒得讓人不舒服，該怎麼處理它？一鍋沸水，讓它滾個不停的，是溫度？還是火？長時期不斷的服藥壓抑，那不就像持續加冷水，用降溫來緩衝控制不舒服嗎？還是該像埔心老婆婆說的，採釜底抽薪「辨因治證」，找出讓水沸騰的原因，然後，將這把火徹底給熄滅掉？

― 懵懂 ―

　　在慢慢摸索閱讀中醫學之後，疑問如炊煙，日復一日裊裊升起，中醫，到底應該是什麼？

　　中醫，雖然古老，但似乎不該是劃地自限的「祖傳秘

方」格局，或是隨便一個號稱「專家」、「達人」都可以三言兩語說說帶過的進補養生吧？中醫的望者、觀氣色也；聞者、聽聲音也；問者、問病情也；切者、切六脈也。湯、飲、丸、散、丹、膏各式藥方子、針灸推拿、氣功按摩，手法門派各有不同，但應該也是「萬法歸一宗」的吧？那個一宗，那個根、那個本，是什麼？一部《黃帝內經》，不就已經對天候地理；對人的生理、病理、診斷、治療幾乎全說全包了嗎？撇開其它經典先不說，翻閱了《黃帝內經》，方知中醫學何其浩瀚、令人敬畏！

　　西醫明明白白的X光片、斷層掃瞄、核磁共振、檢驗數據報告，證據充份的告訴你：「捉賊捉贓，這病，就這樣一回事！」中醫呢？如果某些中醫師的「三指神功」把脈，是宛如醫療儀器般一目暸然，為什麼自他嘴裡說出的話，總是文言文灌頂？是很難翻成病人聽得懂的白話文嗎？表達不出個所以然來的含糊其詞，怎麼去贏得病人的信服呢？

　　什麼是「風邪襲絡」？風邪是什麼？是細菌嗎？還是病毒？什麼又是「風氣內動」？照字面上看來，問題不都

是出在「風」上頭，為什麼同一個「風」字，解釋起來，天差地遠？時代不同了，中醫醫理不能汰粕存精、簡單扼要、通俗能懂的說說嗎？雖然很多中醫在網路上開部落格或論壇，但瀏覽和點閱率不足以教化普及，少了實體訴求的溝通理解「互動表達」，中醫難道真要淪為比密醫能上檯面的「民俗療法」之一嗎？中醫再好，不是也要讓病人能親身有所體驗嗎？中醫為什麼就不能如同西醫般，懂得如何教育病人？

再寶貴的東西，也要有人去教導、播種、灌溉，讓它欣欣向榮、扎根茁壯、開枝散葉，贏得賞識和廣泛運用。日本的經營之神松下幸之助，在推出隨身聽的時候，市場打不開，這樣的一種新產品，大大不同、甚至顛覆當時人們的收聽習慣，怎麼辦？「教育消費者！」松下幸之助說。教育消費者，何其浩大工程的人力物力投注，尤其若不帶商業色彩與氣息，等同百年樹人大計！

為什麼西醫在疾病教育、用藥指南上，就能遙遙領先中醫？為什麼民眾就醫，大多數人捨中醫於不顧？很大的原因，在於根本不了解中醫能幹嘛？媒體鏡頭前，中醫

談病，老是籠籠統統的，有理為什麼就不能提綱挈領的說個清楚？能講來講去的，難道就像淺碟上的那一丁點可有可無的東西：「要預防XXX呀，你如果是XX體質，就別吃……要多吃……。」坦白說，叫任何一家賣保健食品的廠商，借中醫藥理論來幫襯說說他家產品，都還比醫生沒頭沒尾說的，更頭頭是道，更能吸引民眾、打動民眾的心，心甘情願的掏錢出來購買產品。

在一個專門討論健康的談話性節目中，一位中醫師條列表卡大談「陰虛」、「陽虛」、「氣虛」、「血虛」的問題，連主持人都聽得一頭霧水，在座的一位名西醫，實在按捺不住，跳出來開砲：「妳講得這麼玄，人家怎麼聽得懂？如果把妳說的，用西醫觀點來解釋，大家也才知道妳在說什麼，例如妳說的……」很叫人傻眼啊，中醫不但被打槍了，這西醫觀點所註解的中醫「陰虛」、「陽虛」、「氣虛」、「血虛」，只能說，難為了這位西醫的努力幫腔，可惜聽來、還是隔靴搔癢！

不禁想起一位任教醫學院的教授說：「我會提醒同學，從醫，一定要清楚自己的性向，如果你是埋頭苦讀、

不善言詞的人，建議你走學術研究的路子；如果你善於溝
通表達、察言觀色，那你當個門診醫生是OK的。一個和病
人溝通不來的醫生，對醫病雙方都很麻煩，有些不必要的
醫療糾紛，會因此而起的。」在醫生的養成教育裡，不知
道這些從小被捧在手掌心的天之驕子資優生們，可曾想到
他們日後面對病人、家屬，講解病情時，也是一門極需親
和溝通的學問，和「放下身段」的藝術？

　　同行相忌，中西醫藥界一樣都存在，國際各大西藥
廠，各為其同質性的上櫃藥或處方藥一樣激烈競爭，在市
場上捉對廝殺也很正常，但遇上名為「世界XX病日」的
貼近民眾衛教宣導，就可以看見各大藥廠暫且休兵，化干
戈為玉帛的共襄盛舉。而中醫藥界，從來不會這麼做，兄
弟爬山、各憑本事。西醫作衛教講疾病也挺複雜的呀，原
文生硬翻譯過來的專有名詞，一樣常把民眾聽得一愣一愣
的，為什麼民眾就算不勝其解，生病了還是信西醫，第一
優先選擇西醫？

　　溝通與說服，重點在中醫環境，拿什麼讓民眾因了解
而信服？生病了，你也可以選擇信賴中醫！中醫不是那麼

浮面的傳說：治病拖拖拉拉不好不壞、養生進補、針灸推拿、拉筋按摩之外，面對疾病，小自感冒大到重症，中醫也一樣是可以藥到病除做治療的。民間亦有極為頂尖傑出的有執業證照中醫師，堪稱之為岐黃醫寶！可惜卻低調的奉行「大隱隱於市」，還真是得有「先生緣」的病人，才得機緣求診。

在摸索走過三十年，擺盪中西醫間的求診歲月，中西醫雖各有所長，但相較之下，中醫不該再如此保守的自掃門前雪，各自為政，為什麼不跟上時代腳步，有謀有略的教育民眾：

中醫是怎樣從日常生活中，簡單順勢的做到預防醫學？

中醫治病不玄虛，是可理解、有憑有證有根據的！

中醫在治療疾病的方法上，是「面面俱到」調兵遣將的！

在凡事講求策略願景的行銷年代，連西醫西藥都不例外，中醫界怎可還被動有如姜太公釣魚，坐等病人「不得已了」再上門試試呢？

第四章

不見長袍馬褂
白鬍鬚

　　1987年11月2號，台灣開放老兵返鄉探親，兩岸開始有了「限制性」的交流。很多原本屬於國文、歷史、和地理課本上的記載，突然都活靈活現的，跑了出來……。

－ 氣功 －

　　一年有三百六十五天，人體有三百六十五個穴位，健康的人，每個穴位與腑臟經絡之間，氣血該是流暢無阻的相通；人活著，全憑一口氣，也因此，許多疾病都是氣不和或阻塞所造成的。

　　而氣功，藉由意念導引、調和呼吸、規律俯仰、伸展等柔軟的肢體動作，來活絡全身的氣血循環、關節筋骨運動，及新陳代謝的促進。以華佗的「五禽戲」來說，就包

含了老虎的撲攫、鹿的伸頸、熊的匍伏、猿的縱跳、鵬鳥的展翅，從頭到四肢，一趟功做下來，全身筋骨肌肉都運動到了。

1992年中，工作上在活動方面，帶了半年多的「智能動功」氣功研習營，傳功師父是香港籍的大陸人士，氣功的神奇傳說，和中國科學研究院吧（如果沒記錯的話），對氣功所作的一本嚴謹分析報告，引起我極大的興趣，所以藉著帶營隊機會，便跟著一路練功。

剛開始陪第一梯次上課時，每回練完功的隔天起床時，腰椎痠痛難以言喻，嚴重時，還會挺不直身子走路。心慌下，追著傳功師父問：「會不會錯傷到脊椎舊傷了？」他叫我做幾個檢測動作，要我放心：「妳這狀況啊，叫不通則痛，氣血重新要衝撞過阻塞，所以妳會倍感痠痛，熬過去，就舒坦了。」

陪第二梯次上課時，發現痠痛明顯改善，部份有難度的伸展，慢慢的也可以做到。靠著意念導引，向內求諸自己的功法，讓氣隨著經絡周身遊走，慢慢體會出，原來在不自覺中，錯誤的或站或坐姿勢造就下，肌肉和筋骨真的

很委屈受虐，當學會如何放鬆身體和導引呼吸後，睡眠品質的大幅改善，讓人驚喜。

好奇心又發作了：手按「印堂」會氣透「玉枕」、沿帶脈、按於「肚臍」會氣透「命門」、為什麼不管左轉右轉九十度，要掐「中魁」繞肩點於「氣戶」？起功收功時要在腋下灌「大包」？穴位，看不到，也不是人人都能準確找得到，卻真真實實的駐紮在人體內，有著無窮奧妙的作用和「責任管區」！

「練氣功，不能偷懶，打個比方，如果人體是棟屋子，氣功就像讓空氣對流的門窗。如果長年閉門關窗不去動，或久久偶爾想到動一下，你說這屋裡味道好聞嗎？如果你天天開門開窗，讓空氣能通風對流，屋裡要潮濕生黴、積垢長東西，也不容易！」氣功師父每一個梯次都一再叮嚀。是啊，師父領進門，修行在個人。自古以來，也沒見過，哪個師父教徒弟說：「練功，可以三天打漁兩天晒網的。」

氣，看不見、摸不到，但意念卻可以帶著氣，讓自己感覺得到它的存在，在經絡間靈巧輕悄的遊走。如果，天

天乖乖認真練氣功，也真的可以在閉目練功中，看到青、赤、黃、白、黑；肝、心、脾、肺、腎，五臟的臟色。勤奮練功的那一年，變天或換季，難得感冒沒來修理我。

西醫看病的分科，越分越細，病人要追根究柢找病因，還真像在拼圖，等需要眾科別醫生會診時，多已大事不妙。中醫看病人，講整體平衡，以肝病來說，中醫會「見肝之病，知肝傳脾，當先實脾」，《黃帝內經》「至真要大論篇」裡岐伯也說：要「謹守病機，各司其屬，有者求之，無者求之，盛者責之，虛者責之，必先五勝，疏其氣血，令其調達，而致和平。」

中醫典籍，單從文字面上閱讀，一路看下來似懂非懂，真難自學而能有所領悟，林林總總，像串串密碼，三不五時徘徊腦海，不斷在勾引著我認真思考：要學中醫！找誰學中醫呢？我想真正「細嚼慢嚥」的去體會、去懂中醫範疇在說些什麼，坊間林立的中醫補習班，對志不在考中醫的我來說，不求甚解的填鴨式惡補，不是我想要的。回頭去找埔心老婆婆？才出生幾個月大的孩子，讓我根本不可能去閉關三年，冥冥之中，也只能寄盼與中醫，若真

有緣，能再相續了！

－ 求師 －

　　1993年中，初聽客戶在來訪中，談起倪海廈老師，想像中，以他的中醫學養，少說也該有一把年紀，身穿長袍馬褂，眉毛鬍子白，看起診或教起書來，該是位搖頭擺腦、手捻鬍鬚的老中醫吧？沒想到倪老師出奇年輕，只大我三歲。

　　「當你在看《黃帝內經》，《傷寒論》或《金匱》時，如果你是很認真在讀文字、在記文字，你就很難理解其中奧妙。但是你如果把它當成圖、當成象來讀，捨去文字的障礙，自然就有所獲。」

　　是了，這就是師父，倪老師一句話，就輕易點破困擾我多年的迷津。拿經絡來說吧：十四條正經加奇經八脈與各經各穴，單是手足各有太陰、少陰、厥陰三陰經，太陽、少陽、陽明三陽經，光這二十四條經脈，就讓我記破

頭還很難搞清楚，它們在身上是怎麼循經繞行的？是氣多或血多？寄於什麼？注於哪個時辰？如果連經脈都弄不明白，要談穴位，要談針、談灸，根本是亂上添亂。

因為工作需要，在接觸醫藥及健康產業線時，有機會對些疾病的前因後果和治療方面問題，作相關專題報導。在醫病用藥這一塊，採訪前有疑惑不勝其解，採訪後，更想不通透，尤其是有些病，因用藥而衍生的副作用，明知會如此這般，似乎連醫生也很難有辦法去幫病人避掉。

「我們會留意，盡量小心降低藥物副作用，發生在病人身上的可能性。」醫生可以這麼說，但是副作用，是活生生的，發生在已經生病了的病人身上。換種說法，副作用，不是病情的雪上加霜嗎？原來的病還沒根治好，新的副作用毛病，卻在伺機而動，對病人來說，這算哪門子治療啊？

尤其許多新藥的副作用，雖然上市前經過號稱「三階段人體實驗」，但樣本數、地域性，足以代表全球不同人種的生活形態習性了嗎？當新藥上市，世界各地醫生，在也不是很清楚「後果」的狀況下使用，藥物的副作用，是

由病人活生生的用健康或性命的折損率，換算出來的「僅供參考」用，這種或然率，對醫學臨床來說，不過是百分之多少的可能發生機率，但對病人及家屬來說，就是一條生命的Yes or No！

倪老師曾舉高血壓為例，令我印象深刻：「人的血管壁中存有大量的水，以維持血管的彈性，防止血管破裂。人總難免會面臨一些緊急狀況，或意外事件，受到驚嚇時，這些都會使人的血壓瞬間飆高，來應變當時的緊張。因此人的血壓，本來就有很大的上升下降空間存在。一旦發生血壓高，它不是病，是一種警訊！有可能是外在環境

引起的，也有可能是身體內部病變引起的，必須追根究柢的徹查原因，而不是片面就把這個警告給消滅了。如果搞不清楚，不知道高血壓是不是出自於人體自衛的現象，就強制鎮壓，一旦解除了示警的這個本能，不就等於隨便放棄掉天生

的自衛自保能力？」

　　說到你我都免不了的傷風：「按照太陽、陽明、少陽、太陰、少陰、厥陰的六經辨症法，人一旦受風寒入侵時，只停於體表約六到七天，這段時間若無效攔截、沒有治好，六經間彼此是相有聯繫的，當一經的邪氣傳到另一經絡，臨床證狀就發生了新的變化，這就叫傳經。病一旦傳經入裡，就可能產生複雜的病變。所以治病，一樣必須掌握制敵先機，務必在一有太陽表症時，就一舉將之立刻驅除，這樣才可以治病於初始。」

　　中醫所謂「人一旦受風寒入侵時，只停於體表約六到七天」的表證，就是大家都熟悉的感冒，倪老師所說，和莊淑旂博士一再呼籲強調的：「感冒是萬病之源！」一樣道理，真的不要輕忽了感冒症狀，很多高傳染性流行性疾病，如SARS、H1N1、H5N1，初始症狀都類似與感冒相同。不管是中醫西醫，包括病人自己，如果一發現感冒了，都能悉心當機立斷的攔截，真正徹底治好，不殘留餘孽躲入腑臟內堆積潛藏，許多因感冒引起的併發症，也就不至於來勢凶狠，連醫生都措手不及，一發不可收拾了。

— **Common Sense** —

「這是 Common Sense！」

很難用筆墨來描述倪老師說這句口頭禪的語氣和表情，倪老師對中醫，特別是發揚光大經典之方的中醫，投入一生心血，視之為畢生最隆重神聖的使命。每當有人或某些西醫，用不當言論，曲解疾病成因，或污衊中醫之無能時，倪老師在引經據典、用臨床醫案駁斥之餘，總不忘加句：「這是 Common Sense！」

記得曾當面跟倪老師說：「您真像武俠小說裡冒出來的怪神醫！」（可是，倪老師自己覺得他像東邪黃藥師！）這些年來，接觸中醫學多了，似乎慢慢能體會出倪老師的激動和著急，應該是有很大部份，跟中醫學面臨大環境的嚴苛，時不我予的打壓，林林總總錯綜複雜因素，讓倪老師有著「有理說不清」、「恨鐵不成鋼」的無奈與心痛吧！

有位資深中醫師，很感慨的形容整個中醫學界現所面臨的困境很貼切，他說：「中醫學現在，很像滿清末年

的中國，列強環伺！有侵門踏戶的挑釁者，想到就來踹上兩腳；有商業利益掠奪者，想盡辦法割據巧取；有自家的不肖子孫，打著祖宗名號，矇拐詐騙。」我只好很阿Q的安慰他：「可見中醫學本身是道多叫人垂涎的珍饈，如果中醫學本身，是那麼一無可取的話，這些別有所圖的人也好、滿是金錢掛帥的商人也好，沒有相當的投資報酬率精打細算，他們誰還理會中醫學能幹嘛啊？」

　　在現行的健保制度下，坊間中醫院所，所謂「科學中藥」合成的處方、部份推拿按摩、痠痛貼布，健保是給付的，但若涉及水藥，湯方藥材，那是自費計價；而針灸、拔罐等，就看醫院診所的經營者。有悲憫胸懷的院所，會當是一次療程中的一部份，不另加價；而有的院所，破一級教學醫院的高額掛號、診查費用外，會精算下一針多少錢、灸一壯多少錢、拔一罐多少錢……如此這般計價累積，一次自費中醫看下來的醫藥費，少則三五千元起跳，多則上

萬元,若再乘以療程時日次數,也許,這也是看中醫在台灣,會讓一般尋常百姓,望之卻步、不敢輕易上中醫門的原因之一吧?找中醫看病、用中藥治病,自付所費不貲外,連醫療保險理賠,都有著異於西醫的嚴苛門檻。

就這樣,正規正統的中醫中藥,成了可望不可及的「高檔」醫療,和平民百姓,越走越遠、不再親民;反倒是許多打著中醫藥之名的阿沙不魯在灰色地帶流竄,在以訛傳訛、誇大不實的糟蹋著中醫學,加上這些產品時有負面聳動新聞,匪夷所思到駭人聽聞,導致普羅大眾對中醫中藥,更鄙視、更不屑一顧。

要不然就是:「這病啊,反正西醫也就只能這樣了,那只好找個中醫來賭賭看!」在民間,中醫淪為二線三線醫療、死馬當活馬醫的可有可無、聊作安慰病人和家屬的一種撫慰治療,令人無言感慨!而中醫也會抱怨:「為什麼剛發病的時候不來?等到被別的醫生整到不行了,才叫中醫來收拾善後?」大家都在職場上待過,幫肇事者的一團混亂收爛攤子,想來不少人都一樣,會氣得牙癢癢的吧?

　　倪老師常說：「我不在乎你們堅持使用什麼方法治病，你們相信什麼都沒有關係，我認為只要是對病人有利的，都應該去做，而不應該有任何門戶之見。但是我反對，任何既對病患無效、而且又加重病情的治療方式，使得病人浪費大量的錢，又延誤喪失治病的黃金時機。」

　　治病，到底不是在做病人的活體醫藥實驗，不管中醫西醫，要找到「對的」好醫生，是病人和家屬要做的辛苦功課。身為醫師，年復一年，成天診間病房來來去去，面對多是愁眉苦臉的病人，換做是我，將心比心會怎樣？一秉從醫初衷嗎？一如醫師誓詞中所說：「我將要憑我的良心和尊嚴從事醫業；病人的健康應為我的首要的顧念……」嗎？一句台灣俚語：「先生緣、主人福」，真是一言道盡病人與家屬心中的千百般滋味。

　　「正統中醫開處方時，是完全依照病人身體的證狀而開的，而不是按照西醫檢驗報告的病名來開處方，報告出來的，已經是某個病因，造成的結果。中醫治病，是要去追根究柢、審查病機從何而來。解決掉造成生病的身體內外因素，而且要觀察入微，事先做好預防，讓五臟六腑

之間，不至於因為彼此的生剋關係，而造成傳經傷害，加重、並且複雜了病情。中醫不是病人說頭痛，你就負責管開頭痛藥，肩膀痠痛，就只管在肩膀扎針或拔罐，其它一概都不管不多問。」這是倪老師讓我牢牢記住的叮囑。

　　《黃帝內經》「疏五過論篇」，談到五種治病的疏忽：一是失於詳察細問；二是不解情志所傷，中醫認為過怒傷肝、過喜傷心、過思傷脾、過憂傷肺、過恐傷腎，情緒的極端亢奮激進，或低落消沉，也是造成疾病不可忽略的重要關鍵；三是看病草率，沒有多方從容參酌；四是不知精神所傷，應該說輕忽了病人的心理狀況；五是對損傷很重的病人，漫不經心、粗工治之。

　　讀到這篇的時候，仰天長歎啊，就當今的就診醫療環境，一個醫生，不論是中西醫，平均能分配給一個病人的時間，實在少得可憐，看病找醫生，何嘗不也是一種賭？賭「先生緣」的運氣好不好？是上上籤有庇佑？能有醫有差，藥到病除？還是下下籤得自求多福？

　　中醫，算是「慈悲」的醫學吧？對侵襲人體的病邪痼疾，或汗或吐或下，或清或補或消，或和解之，總是盡量

保元固本，放條路給疾病離開人體，而不做兩敗俱傷的死纏爛打，這叫給條出路，中醫是很忌諱「閉門留寇」的。治病，倘若是見可疑份子，發現一個殺一個，來兩個，殺一雙，好壞都先通殺再說，往往一個已病虛弱的人，能經幾翻折騰？更何況問題是，就算連坐誅殺成千上萬，對源頭能斬草、卻除不了根，春風吹又生之後呢？一有蔓延就繼續追殺，殺到人和病，生同生、死同死、一了百了為止嗎？

第五章
太陽中風

　　太陽中風？一位不了解中醫的朋友戲謔的說：「太陽會中風，那月亮也會感冒、星星會得癌症也沒啥好奇怪了。」哎，中醫所指的「太陽中風」，和西醫、和大家對「中風」的普遍認知，天差地遠多、多、多了！

一 哈啾 一

　　中醫醫聖張仲景認為：人的體表，有層捍衛的陽氣在站崗值勤，是由三陽中的太陽所統領管轄，為什麼稱為「太陽」呢？是因為表示陽氣很盛大、足以抵禦對抗風邪入侵的意思。所以當體表陽氣被風寒邪氣所傷，而發生淺表證候時，就叫做「太陽病」，就是現在的感冒啦。

　　肺主皮毛，太陽主表，在太陽表證階段，寒邪傷表以後，常常引發肺氣的宣發肅降失調，肺開竅於鼻，五液

為涕，其病為咳，這也是感冒多見呼吸系統毛病的主因之一；一旦體表的陽氣被風寒邪氣所傷，就等於人體防禦外邪的第一道防線，出現了破口，感冒就不請自來了。

　　「《黃帝內經》強調：風為百病之始！很多病的源頭，都因感冒沒治好而引起，中醫學在數千年前，就輕而易舉可以治療各種不同證狀的感冒，只要好好研讀過《傷寒論》，便懂得如何很快從感冒中恢復健康的！」藉由每個人都會碰到的感冒問題，來啟發學生：經典上說的，不是空泛理論，是很生活化的，同學幾乎人人都可以用到，都可以親身體會印證中醫之所能。

　　《傷寒論》，是倪老師引進中醫門的第一課，中醫認為感冒能夠徹底治好的話，就可以預防百病的發生。而莊淑旂博士也說：「當你一年感冒超過四次，就要對自己的健康多加小心留意了。」中醫學說把感冒分成三個階段：太陽症，少陽症，陽明症。

　　太陽症是病還停留在人體表面，使用解表的藥，也就是發汗劑來治療。少陽症是病邪停留在內分泌系統中，或淋巴系統中，用和解的藥劑，使其經由小便排出。而陽明

症，則是病邪停留在消化系統或腸道中，造成便秘問題，這時就需使用攻下劑，來將糞便燥屎排出體外。

　　體質不一樣的人，感冒的症狀不盡相同，中醫對病人開處方，是很細心辨證的，在西醫看來一樣是感冒，但中醫會問你出不出汗呢？如果你是「汗自出」，脖子肩膀僵硬痠痛，醫生會開「桂枝湯」給你；如果你「無汗」，全身肌肉關節，只要太陽膀胱經路過之處，都痠痠痛痛、怕冷、食欲不振、或嘔吐……醫生會開「麻黃湯」給你。光是一個感冒流不流汗，對中醫來說，就是太陽病「中於風」或「傷於寒」，一個非常基本的分際判別。

　　說到「太陽膀胱經」，是人體十二條正經中最長的，起自眼睛內的「睛明」穴，從臉到頭走頸後、沿背脊而下、經大腿後側繞過腳踝直達小指指甲外側的「至陰」穴。《內經》上說：「避風如避矢石」，風迎面而來，多數人還能忍，但若從後面吹來，不少人就本能的會縮起脖子，所以中醫管這種風叫做「賊風」。而行經於背後的膀胱經，就好比是賊風的一道圍籬，如果擋不住，感冒就乘虛而入了。

　　至於如何知道，是否藥到病除呢？倪老師教我們：「健康的人，體內陰陽是平衡的，所以服過藥的第二天中午，如果病人胃口大開，就表示恢復正常了，因為中午時分，正好是天候陰陽交會之時，如果體內陰陽運轉恢復正常，天人相應，這時胃氣就會很強，因此病人就會感覺到飢餓。」

　　簡單的說，中醫的「陰、陽」，陰，是指身體內能源的儲存；陽，是指能源的調度，能源動力的夠不夠支配？足不足以應付人體所需？是能收支平衡？還是長年入不敷出的透支？這些便左右著我們的體能健康。還是搞不懂？沒關係，換種角度說：陰陽所指的，就是我們身體各司其職的腑臟、組織，雖然有陰陽屬性不同的分別，但都能彼此分工合作，誰都不拋錨怠工找麻煩，整個身體的運作，是相輔相成，各忠職守的，就是身強體壯的健康。一旦陰陽之間，沒了秩序失了平衡，人就會生病了。

　　「但是女生感冒了，要特別注意，如果碰上生理期間，只能用小柴胡湯！因為風邪從外表直入子宮，根本不停留於肌表，這時候桂枝麻黃等湯方，發不到位，只有用

和解的方法，小柴胡湯一劑下去，讓感冒風寒跟著月經小便，一起排出體外去。」倪老師的說法「風邪從外表直入子宮」，和莊淑旂博士所說：「生理期間的感冒，是很威脅女孩一生健康的事。」如出一轍！

桂枝湯、麻黃湯、葛根湯、麻杏甘石湯、大青龍湯、小青龍湯、小柴胡湯、大柴胡湯，這八個經典之方，便是中醫使用千百年來，有效治療感冒的處方，任何一位執業中醫師，都能準確的依病人不盡相同的證狀用藥，而病人，也能因此輕易就體會到什麼是中藥的「一劑知、二劑已」。

「看診多年來，我發現，在治療任何一種難纏疾病，每當即將進入到痊癒階段，病人都會出現感冒的症狀。」倪老師印證：「《內經》上說百病風之始，一點也不假，所有的疾病在回轉變好時，一路恢復到最後，被挖出病的根柢，都真的與感冒有關。」這在中醫來說，有個專有名詞叫：「臟邪還腑，陰病出陽」。如果所有的中醫師，能在病人得到感冒時就徹底治好，要求病人也要自我管理調整好生活習慣，很多病變，就不至於連醫生都束手無策

了。

　　倪老師教了我們判斷自己是否健康的六大原則：

一、能一覺到天亮，睡得好。

二、飲食胃口正常，吃得香。

三、每天早上起床第一件事情就是大便上廁所，上完
　　廁所再吃早餐。

四、一天中五到七次小便，小便的量大，顏色要淡
　　黃。

五、長年四季，不管身在地球上的哪個地區，都該是
　　頭面身體冷、手腳溫熱。

六、不分男女，早上起床都有起陽的反應，就是說女
　　人的乳房會很敏感、男人陰莖會勃起。

　　不論哪種疾病，是不是對症醫療了？倪老師說病人
自己，就能感受到的切身體會與判斷是：「如果病人吃
了藥、接受療程以後，本來腳是冷的、後來變成冰的，就
代表你走在錯誤的求診路上，在療程中，如果腳是變溫暖
了，也能好睡覺，不必再吃什麼安眠藥鎮靜劑了，就表示
看對醫生，逐漸走向好轉康復的路上了。」

　　不用去死背死記什麼高深學問，保健醫學原本就該是生活常識的一部份，衛教要民眾能懂能吸收、能判斷，才能做好所謂的疾病預防、所謂的健康自我管理。而不是用一堆原文縮寫術語、公式賣弄、生澀翻譯，宣導醫護人員自己才搞得懂的數據、論文報告，叫民眾要遵守，做為健康指標，自我管理準則，就是有聽沒有懂啊，要怎麼去身體力行呢？

　　說到感冒，不能不提「保暖」這件很重要的事，台灣幾乎有大半年時間，大家習慣夜以繼日的開冷氣，吹冷氣吹到感冒，是不少人共同的經驗。尤其年輕男孩女孩，不管季節溫差變化都一樣，有句台語：「愛水不怕流鼻水」，知道嗎？一旦這些風寒鑽筋透骨，深入我們身體、隱藏得很好，你或許一時間察覺不到，讓它找到了一個虛弱之處，偷偷摸摸開山立寨，蠶食鯨吞後的反撲，可以問問任何一位中醫師，手邊都有成堆的醫案，告訴你這「寒氣」的殺傷力有多深遠、破壞力多可怕！

一 問情 一

中醫認為有兩大原因會讓人致病：就是「內因」與「外感」。

所謂的「內因」，就是喜、怒、憂、思、悲、恐、驚這七情，因為悲憂、驚恐，總相連，所以就歸成：怒、喜、憂、思、恐，五種古時叫「情志」，現在白話叫「情緒」的反應。中醫說：「五志過極皆化火」，指的就是情緒的過於起伏不穩，導致內臟機能也會抓狂。

壞脾氣、怒傷肝，這是大家都知道的事；喜太過則傷心，打麻將大三元帶對對碰加海底自摸，大樂之下心臟受不了，也是曾有所聞；過憂過悲則傷肺，如果已經在咳嗽了，又過於憂慮傷感，咳嗽會加劇，舉林黛玉為例，就很容易明白；思念過度會傷脾，所以一犯相思病，不都茶不思飯不想了？過於驚恐則傷腎，像伍子胥過昭關，一夜間白了滿頭髮。

當一個人突然受到意外巨大驚變，或長期遭遇到精神凌虐，超過人體所能負荷，就是中醫所謂的由內因而起的

病。心病唯有心藥醫，這點，老祖宗醫病也醫心，便利用五行的「情志相勝」來做調理：怒能勝思（木剋土）、思能勝恐（土剋水）、恐能勝喜（水剋火）、喜能勝憂（火剋金）、憂能勝怒（金剋木），很有意思的心病心藥醫方法吧！

　　「外感」的病，則是因「風、寒、暑、溼、火、燥」六淫而來，是氣候的變化所導致的疾病。這種變化，是一步一步產生的，不是一次進來的，六淫致病，多是從侵犯肌表開始，或是從口鼻而入。倪老師常提醒我們：「凡是健康的人，勢必長年都感覺手腳是溫熱的，頭面是涼的，也就是說一旦手腳開始變冷，就是生病了。」如果，你找中醫看病，請這樣告訴醫生：有沒發燒？身體痠痛嗎？脖子肩膀僵硬嗎？胃口好不好？口渴嗎？喜歡喝熱水還是冷水？有沒出汗？怕冷？怕熱？有沒有便秘？咳嗽嗎？咳出的是清痰？還是黃痰？

　　西醫看感冒咳嗽，不就是咳嗽，開開止咳化痰藥就行了，可是中醫會診斷出你是咳在五臟還是六腑？邪在肝，咳會兩脇痛；在心，咳會心絞痛；在脾，咳會右脇肋痛；

在肺，咳會痰中帶血；在腎，咳會背引肩痠。若是咳嗽邪在六腑：在膽，咳會嘔苦水；在小腸，咳時腹痛；在胃，咳吐酸水；在大腸，咳溢大便；在膀胱，咳溢小便。在三焦，會咳不欲飲食；在心包，咳時心有刺痛感。看，光是一個咳嗽，中醫學問就不少。

再說頭痛，告訴中醫你頭痛，他會細問是哪種痛法：兩邊太陽穴痛？後腦勺痛？還是額頭痛？什麼時間最痛？兩邊痛，或偏頭痛，是痛在膽經上；後腦痛，是痛在膀胱經上；前額痛、眼眶痛，則是痛在胃經上；頭頂百會痛，則是問題出在肝經上，因為肝經和督脈交於巔頂，發作時間常是在深夜之時。

包括了腿痛，中醫會細追問病人是前面痛？後面痛？內側痛？外側痛？因為胃經循經走在前，膀胱經在後，脾經、腎經、肝經分走內側，膽經在外側。如果你還有所懷疑，請看看這幾條經絡在人體的循經分佈走向，就知道中醫不是隨隨便便在唬弄病人的。

「病人服用中藥後，身體在恢復時，自然會產生一些排解的變化，可能每天都不同，有時會下痢、有時會暈

眩、嘔吐、手腳發麻等，這都是正常現象。」倪老師說：「醫生在用藥時，也會先告知，病人不用緊張，只要問自己看看，是不是這些反應，都是出現在你的病兆所在？症狀過後，同時自己的體力、精神是不是相對也變好些了呢？」

中藥之所以被稱之為「本草」，是因為大多取自於天然的植物為主，再加上一些昆蟲、動物與礦物。中醫的處方，大多是用丸、散、膏、丹；湯藥，則是專門為病患個人而設計的。用湯藥病初癒之後，為了維持鞏固療效，醫生會改開丸藥，因為丸劑叫「藥緩力專」；藥性緩，但力量專一，有時候水藥藥性達不到的地方，就一定要用丸劑來補強了。

當生病的時候，不管決定看中醫或看西醫，一定要懂得如何在最短時間內，和醫生「溝通」對話，現在明文規定了，病人在診間有較被尊重的隱私權，不必在人來人往、進進出出中被醫生看，但還是建議，在看醫生前，病人還是要先做功課，讓一寸光陰一寸金的醫生，能快速秒殺病人的問題，別出了診間又回頭推門問：「不好意思，

我剛忘了說……」。醫生、跟診護士、好不容易才輪到
看診的病人，都會對你的言行舉止很OOXX#$%#$%……
的。

－ 尋根 －

　　每個病人，男女有別，年紀不一樣，就算同一年紀的
病人，體內的臟腑強弱也不同、所居住的環境不同、生活
習慣也不同。因此，一個好的中醫，是因人、因時、因地
制宜地開立處方，設計出適合這個病人體質的複方來作治
療。

　　中醫認為所有的人體修補工作，需要「陰陽、表裡、
虛實、寒熱」的八綱辨證，同時對藥材藥性要非常了解，
才有辦法設計出藥簡力專的一個對證處方。中醫研究中
藥，是研究藥材生長時空的環境特質、偏性，能取之用來
矯正什麼樣的病證？與西藥研發，在實驗室中所做的化學
分解分析是完全的不同。

　　中醫治病，是在矯正和恢復人體生病的腑臟機能，能再度回到「整體」正常的分工合作團隊中。一個處於穩定平衡的身體，豐沛的自衛能量，是疾病無法居中生存、蔓延擴散的。萬一生病了，中醫學是要讓身體自己，在醫師協助下，有足夠的本錢防守抵制，自行將疾病驅逐出境，而不是好的壞的，都在以防萬一的顧慮下賠本通殺。

　　這也是為什麼，莊淑旂博士主張：「如果一個人生病了，自己對健康認知的心態與生活習慣不改變，醫生所能幫得上的忙、能做的治療，其實是有限的。醫生能幫忙治一時的病，但是一生的健康修補維護，要靠病人自己徹底覺悟。」明知不可而為之，一而再任性不改的病人，就算碰到神仙能救命，也會懶得理吧？

　　中醫論斷健康，講求整體的平衡，「生病了，就是五臟六腑間彼此的分工與制約失控了。以令人聞之色變的心臟病為例，中醫治療心臟時，必先治小腸，因為心與小腸相表裡。再同時治肺臟，其間還需要顧及強化肝臟，排除累積在肝臟中的毒素。而這些工作必須同時進行，才有可能一次到位的完成治療。」聽倪老師談治病，工程真是浩

大，而且，是繫在你面前的這一位醫生身上，他獨當一面
的診療功力火候，就左右了你病程的長短與好壞。

　　萬一生病了，又禍不單行，碰上兩光醫生，怎麼辦？
第二意見諮詢，就成了非常必要一定要做的事，而且要當
機立斷的馬上行動。醫生不是神，萬一遇上某些醫生的漫
不經心誤診，我自己便因年輕疏忽不懂而深受其害，多了
一次手術的記錄。一個醫生的診斷結論，特別是重大疾
病，請千萬一定要聽聽第二、甚至第三諮詢意見，三個醫
生裡面，總該有兩位是意見看法一致的吧？這不是浪費醫
療資源，病人要懂得保護自己，頭腦清楚的面對自己的病
痛，更何況現在的檢驗報告或病歷，是病人一定可以申請
出來攜帶轉診用的。

　　真正有所成的中醫師，能醫治疾病的範圍，是非常廣
泛的，從感冒到癌症都有一定的研究，也有許多醫案歷歷
可考可證明。只可惜，有些病人抱著半信半疑，甚至死馬
當活馬醫的態度來「測試」中醫行不行，卻又一味的要求
一次就要有立竿見影的大改善，如果不如預期想像，就怪
中醫不行。怎麼不想想，這已經是死馬當活馬醫的病，也

是一時片刻間就造成的嗎？

　　許多慢性病的病患，西藥是有生之年得吃一輩子的，而病人沒什麼意見，也認命不抱怨：「怎麼會沒得醫？」因為西醫是這麼交待，照做就是了嘛！但是講到吃中藥，卻沒有恆心，心不甘情不願、嘀嘀咕咕的「存疑」之下被中醫看，藥也就沒遵醫囑，吃吃停停，如此病怎麼會好呢？中藥怎麼會有用呢？這黑鍋，中醫背得可真冤啊！

　　踏進中醫門後，才驚覺，一個人生了病，先別怨天怨地怪東怪西，第一個要檢討擔負最大責任的，是自己！不該反省追究嗎？為什麼別人不會生這病，而我卻生了這疾病？是什麼情況下的習慣偏差，造成這疾病的產生？身為一個病人，尤其是在資訊如此通達的年代，要有耳聰目明的判斷力，不能再對自己的健康一問三不知了，別再當個「可憐之人，必有可惡之處」的病人，很多病，憑良心說，是自招自找的，「解鈴還需繫鈴人」不是嗎？

第六章
左青龍右白虎

　　拜命理節目風行一時之賜，「左青龍、右白虎、前朱雀、後玄武」，倒成了幾乎人人都朗朗上口的風水口訣。在中藥處方中，也有大青龍湯、小青龍湯，還有白虎湯……。

　　台灣有句俚語：「最後一帖、白虎湯！」意思是破釜沉舟存心一搏了，白虎湯真有這麼恐怖嗎？白虎湯出自《傷寒論》，用於醫治陽明病問題，只因傳說中，白虎是掌管西方變化的神，陽明與西方、與秋天燥金相應，所以醫治這樣一個病的湯方，就取名叫做「白虎湯」。

－ 天地 －

　　地球有70％的水，人體也有70％的水，海洋的水是鹹鹹的，我們人的血、人的淚、人的汗，也是鹹鹹的，這連小學生都知道。《內經・素問》的「生氣通天論」說：「夫自古通天者，生之本，本於陰陽。天地之間，六合之內，其氣九州、九竅、五臟十二節，皆通乎天氣。」

　　意思是說，人的七陽竅：兩眼、兩耳、兩鼻孔和嘴巴，加上兩陰竅：前陰和後陰，就像大地九州（當時天下

的劃分）一樣，與天相對應的，好壞都會受天候所影響；人的五臟如木火土金水的五行，人的三陽三陰十二經絡，和十二節氣（指十二個月份的節氣）都與天地間的自然變化，脫不了關係的。張仲景在《傷寒雜病論》自序上說：「天布五行，以運萬類，人稟五常，以有五臟。」也是指大自然界有五行，五類氣的運動，化育了生命，有了天地間的生生不息，便孕育了萬物的生長成熟、收藏再生。

　　春天的樹木植物，欣欣向榮，向四面八方伸展，像不像我們寫「木」字？夏天的人和氣溫，活蹦亂跳的，不就似個「火」，卯起來竄。當秋天來了，植物枝葉枯落，但養份卻能收藏進樹幹、進種子，為來年做準備；而動物，為儲存過冬足夠的體脂肪，拚命的吃，這也是自古以來，為什麼秋天是打獵的好季節；這般的向內收斂，像不像深埋的礦產金屬？所以用「金」來形容秋天。冬來天寒地凍，動物和人一樣，遇冷就縮成一團，這樣的寒涼，不論是冰霜、是雪雨，不都源於水的變化？

　　算一下，木、火、金、水都其來有自，土咧？木、火為春、為夏、是為陽；金、水為秋、為冬、是為陰，在

陰陽之間，總該有個緩衝吧？所以中醫學在夏與秋之間，置入長夏，一個轉折，讓春生夏長的作物，有個成熟的過渡期，如此才能圓滿秋收、冬藏。大自然界，不是很多東西，由土承載，是從土裡生化孕育而出的嗎？春天，東風送暖、夏天，南風熱氣逼人、秋天，不是有首歌叫「西風的話」麼？冬天，北風呼呀呼的吹。這些，很生活，卻也是中醫裡的學問，在五行體系中，叫方位。關係著一方水土養一方人，關係著治病用藥的參酌。

「肺寅大（腸）卯胃辰宮，脾巳心午小（腸）未中，腎酉申（膀）胱心包戌，亥（三）焦子膽丑肝通。」很像江湖秘笈中，修練武功絕學的口訣吧？其實是十二經脈，氣血運行的一個時辰循環順序，中醫稱為「子午流注」。比方傷風感冒咳嗽時，不妨留意一下，天破曉前，三到五點間的肺注寅時，是否咳得比較厲害？咳到醒過來？氣血的循環流注時辰，在或針或灸，或服藥時間上，對醫生、病人來說，是診斷與治療一定要關切到的問題之一。

中藥材多出於天地大自然間，用於治病，是取其在不同生態環境中，所天生出來的偏性。一個健康的人，是個

整體的平衡運作，一旦有失衡出現，就生病了。要修補回來，就得靠所缺的偏差是什麼來矯正，用藥要取其氣？或其味？就得靠中醫望聞問切的判斷。中藥的氣分寒、熱、溫、涼，這大家比較常聽到，因為提到養生滋補時，這就被拿出來一說再說。至於藥材的味，一樣是指酸、苦、甘、辛、鹹，由於五味是可以入五臟的，所以當藥性歸經的時候，便會產生了對證下藥的療效。

　　學中醫，不但要懂「陰、陽、表、裡、虛、實、寒、熱」八綱，知「太陽、陽明、少陽、太陰、少陰、闕陰」六經辨證，大自然的天時、地利、方位、時辰，無一不牽動著治病手法、處方藥性，主導著病情的前進後退。這樣博大精深的醫學，不但管治療人的疾病，還看人的生活時空，及這時空中，攸關人體健康的所有相關生態環境，從動植物，到天上飛的、地面走的、水裡游的、地底藏的，無所不包；讀中醫學，真是如入寶山，上天入地，隨手捻來都是學問，取之不竭、用之不盡啊！

　　相較於天馬行空的武俠世界或科幻小說，中醫學的成千上萬醫案，成功的、失敗的，在拍案驚奇中，有著扎扎

實實、先人保健與醫療的生活智慧累積，在沒有生化科技的數千百年前，從大自然的更替變化，從人的吃喝拉撒睡中細細觀察、研判、修正，所堆砌出的金碧輝煌價值不菲的老古董——中醫學，豈能用年代久遠、看似陳舊斑駁、不合時代潮流趨勢，而被等閒棄之呢？

－ 玩味 －

　　肝、心、脾、肺、腎五臟，對應的五味是酸、苦、甘、辛、鹹。比方說，祛風中藥多辛味，就是取五行生剋中的金伐木也。在寒冷的冬天，很多朋友喜歡吆喝一起吃麻辣火鍋，因為辛辣入肺，肺主皮毛，雖然享受到了熱呼呼的暖和，可是也因為肺與大腸相表裡，過辛過辣也會刺激大腸承受不了，這就是為什麼狂吃麻辣鍋的第二天，有人會拉得很慘的原因。

　　既然題為「玩味」，姑且就用這一「味」字，來看拆解中文字與中醫極有意思的一面：食物好不好吃的感覺，

主要是由嘴巴吃出來，以「口」字為部首，是理所應當。而另外的這「未」字呢？這就得從十二地支的方位與五行說起：寅、卯為東方木，巳、午為南方火，申、酉為西方金，亥、子為北方水，而辰、戌、丑、未則為中央屬土，兼顧四方。

《史記・律書》上說：「未者，言萬物皆成，有滋味也。」若以十二地支為方位，細分「未」是「西南土」多富饒，例如台灣的嘉南平原。以臟臟的五行來說，相表裡的脾胃都屬土，胃管受納，脾管運化，對應季節是為「長夏」。

東西好不好吃？味道如何？有沒有胃口？跟嘴巴和脾胃是分不開的。以中醫來說，脾開竅於口，其華在唇，脾液為涎，涎就是口水，當身體狀況不錯，感覺一下，口水是不是有一絲絲的甘甜？反之，當你覺得口苦、口臭、口乾、嘴巴老是黏黏的，是不是身體有了不舒服？沒注意到吧，光是不起眼的口水滋味，就能對身體健康，隨時提出一些警告

呢！

　　那關「長夏」什麼事呢？我們都知道春生、夏長、秋收、冬藏，以五臟的生化過程來說，肝應在春、心應在夏、肺應在秋、腎應在冬，那脾臟咧？脾應在長夏，介於夏秋之間，萬物在經過春生夏長之後，是不是要有一個成熟期？是營養的好東西，會被大自然所吸收各歸其所，是無用或有敗害的東西，就要被大自然所淘汰。像不像中醫所說脾胃在人體的功能？收納與運化！一個「味」字，飽含玄機，中醫是不是很有意思？

　　再舉個例：我們的五臟，大家都會寫這五個字：肝、心、脾、肺、腎。可是，一樣是內臟器官，你有沒有發現？心之外，肝、脾、肺、腎，都帶「肉」字邊？相表裡的膽、胃、大腸、小腸、膀胱也是有「肉」字邊，難道說，心、不是肉長的喔？

　　中醫的五行說，肝屬木、心屬火、脾屬土、肺屬金、腎屬水，發現不一樣的地方了嗎？木也好，土也好，金也好，水也好，木向下扎根、土在地下、金藏礦裡深埋、水往下流，唯獨火，心所屬的這個火，點燃之後，火苗是向

上竄燒的。自古以來，「形而上者謂之道，形而下者謂之器」。木也好，土也好，金也好，水也好，都受地心引力影響，屬於「器」的範圍；而火呢？為什麼上炎？而不歸地心引力所管轄呢？這就是「形而上」！誰說中文、中醫不嚴謹？沒個道理？

　　《內經》「靈蘭秘典論」說：「心者君主之官，神明出焉。」所以「主明則下安」，如果心臟出了問題，肝、膽、脾、胃、肺、大腸、小腸、腎、膀胱、三焦、心包，都會跟著錯亂。身體結構如此，治理國家何嘗不是？一個失控的領袖，所引發的災難效應還會少嗎？將帥無能，豈不活活累死三軍？害苦黎民百姓？《黃帝內經》很耐讀細看，不止是部中醫學的經典，很多人世間小自養生保健、疾病預防治療，大至治國道理，也都囊括在其中。

　　想不想當中醫，不重要，生病了要不要看中醫，是很個人的選擇自由，但是若想對自己身心裡裡外外多有了解，就請先讀一遍《黃帝內經》吧！現在白話文版好找多了。中醫有些形而上的立論，摸不到看不見，可是《內經》借大自然更替為鏡，借一個大家都看得到、切身感覺

得到的生活時空環境為比喻，只要中文閱讀能力不差，有空閒、一小段一小段慢慢讀，細體會，是一定會看得出、領悟得到一個所以然的。

重要的是，你會驚豔、會豁然開朗，原來先人醫家智慧，是如何法天地自然，觀察入微，有憑有據的建立這套醫學理論，特別是在預防疾病到治療、抗衰老到養生……，是只要你願意，從生活中就「自然而然」可以輕易做到的。否則這套中醫學說和臨床經驗，又如何能延續數千年之久，迄今屹立不搖，還被視為商機無限呢？

— 鶼鰈 —

陰陽，在人體又是一件看不到摸不到的東西，但卻攸關健康，一旦陰陽失衡，人就會生病。可是，每天，時時刻刻，每一個人，都在陰陽中生活過日子，這也可算是習慣成自然、身在其中的不自知吧？

簡單比方說，從白天到黑夜，從春夏入秋冬，就是一

個可以明白感受到的陰陽變化。人體所能感覺到的氣溫變化、溫暖、熱，就是陽；相對的，寒冷、涼爽，就是陰。黎明破曉陽氣初升，中午盡放，然後慢慢收斂進黃昏，當陽氣收陰氣便跟著釋放，直至深夜陰盡，然後周而復始，換陽氣出發，又是一天的開始。

　　生活作息正常的人，白天要工作，要上班上學，到了晚上，就需要休息，儲備明天的精神體力。如果自認是超人，有足夠本錢和生理時鐘對做，卯起來透支體力不肯好好休息，那唯一可見下場，就是自己找病來生。休息的「休」，人倚木靠，向右橫過來看，不就是要人躺下好好睡一覺？

　　起床醒來做事，累了躺下睡覺，是每個人從小都知道、是再自然不過的生活習慣，而中醫所講的陰陽調理就藏在其中。我們身邊總不乏長年作息日夜顛倒的家人或朋友，仔細看看他的氣色，問問他的身體健康如何？會常常這裡痛那裡不舒服嗎？會常感冒嗎？一感冒是很容易就好？還是總要拖一陣子？或者是一感再感？

　　陽也代表男性、陰代表女性，由大自然的日出日落，

四季循序更迭來看，陰陽的合作無間，相輔相成，可以堪稱是全世界最完美「鶼鰈情深」的典範。如果他們賢伉儷鬧彆扭，肯定殃及無辜，數以千萬計的一大堆人、動物、植物、天上飛的、水裡游的，活的生物死的化石，無一不跟著倒大楣。

　　雖然有人戲稱：「世上最可怕的書，是結婚證書！」下面一句也很妙，令人忍俊不禁：「既然上了賊船，就請努力的當個成功的海盜吧！」儘管老祖宗說了：「孤陽不生、孤陰不長」，但陰陽本身，還是要「有條有理、有秩序」的互補相依存，分工合作，才能得一個如太極般的圓滿。天生自然，男生身上不是多少都有些女性賀爾蒙？女生不也一樣，身上多少也有些男性賀爾蒙嗎？所以當發生一些陽盛陰衰，或陰盛陽衰的一面倒，或陰陽倫常一團混亂時，還真沒什麼好沾沾自喜，認為男權女權誰打敗了誰，誰又贏得了什麼勝利的。

　　孫思邈說：「不知易，不足以為大醫」。醫、易之間，拿陰陽消長來說，從《易經》中的「十二辟卦」，又稱「十二消息卦」，講的是農曆一年十二個月，從陰盡

一陽來的復卦開始，大自然陰陽之氣消長的現象。這十二卦是：復（十一月）、臨（十二月）、泰（一月）、大壯（二月）、夬（三月）、乾（四月）、姤（五月）、遯（六月）、否（七月）、觀（八月）、剝（九月）、坤（十月）。看，從卦象的爻畫來解碼陰陽，是不是清楚多了？

《內經》裡，岐伯有交待，能明白養生道理的人：「法於陰陽，和於術數，飲食有節，起居有常，不妄作勞。」這樣順應天時地利、以養人和的

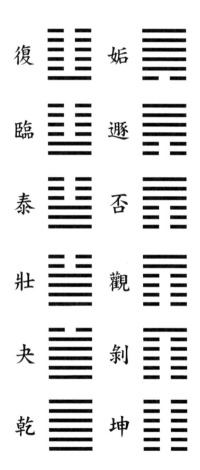

與自然界同步規律生活，當然是可以「盡終其天年」的。回頭想想我們現在的生活習性，難怪會有百分之七十以上的人，被歸類在「亞健康」族群，身懷一顆、或許還是好幾顆的未爆彈，在和健康、和性命，壓籌碼對賭，還真不是普通的勇敢！

自古以來，上自帝王下至百姓人家，多少人在苦苦追求常春不老，時至今日，沉迷此道中人，他們的錢，還是最好賺的。一個人能不能活得長久有品質，在於自己對健康的身體力行與覺悟，而不是別人餵養什麼號稱可以青春永駐的，你都盲目的照單全收。舉例來說，陽氣中醫也稱為「衛氣」，在人的體表防衛風邪，如果老是陽氣不足，沒有足夠的自我保護能力，一有風吹草動就生病，連最基本的好氣色都談不上了，還怎麼可能青春不老呢？

《內經》在「生氣通天論」中說：「陽氣者，若天與日，失其所則折壽而不彰。」如果這世上沒了太陽，能想像到有多少生物將凋零而亡，而捍衛人體的陽氣如果失守了、不斷節節敗退，整體健康狀況，不就一如《黃帝內經》所說的「折壽而不彰」？這是簡單的可想而知；相形

之下，追求金玉其外，真的有那麼值得投資了嗎？

　　中醫若比是座輝煌不朽殿堂，這陰陽，就是無可取代的中軸線。中醫判斷人的健康，講求的就是整體的陰陽平衡，所以不論五臟六腑、表裡內外、四肢關節、五官九竅、虛實寒熱，不管哪個地方，只要陰陽氣不和、鬧彆扭了，那就是要生病了。相輔相成的陰陽，共治一個身體的健康，一男一女，如果真心誠意相扶持、不欺彼此，不是也可以好好經營一個家嗎？

　　一旦人體內腑臟陰陽失去平衡時，「陰盛則陽病，陽盛則陰病，陽盛則熱，陰盛則寒。」這是中醫在病理辨證上重要依據之一，難怪倪老師一再要求，面對問題病證，務必明辨陰陽慎思，他說：「能知曉陰陽、並且運用自如的中醫師，不但可以精準的知道即將併發的疾病，事先做好防範，甚至包括能預測疾病的痊癒時間，或是預後不良等等。中醫問診講表裡、虛實、寒熱，說到底，

還是要懂得在陰陽裡求。」

　　《內經》「陰陽應象大論」中提到：「治病必求於本」，這個本，就是指中醫在治療時，要從陰陽的變化，來診斷疾病的預後會如何發展，作為接下來的治病方針。這個本、「陰」與「陽」，就是當年我所苦思不得其解的、中醫萬法總該歸一宗的那個「本」。就這一陰一陽牽引開來的學問，洋洋灑灑波瀾壯闊，將之對照世間男女種種人情世故，不也是挺有意思極了？

第七章

脈脈
真含情

　　武俠小說裡，常有門派教主、隱世高人，武功卓絕，一出手便震斷前來挑釁仇家的奇經八脈，這奇經八脈啊，就是任督二脈，沖脈、帶脈，陰蹻脈、陽蹻脈，陰維脈、陽維脈。之所以叫奇經八脈，就是除了任督二脈，不同於三陰三陽二十四條手足正經，在循經走法上來說，是別道奇行，這樣一來，也給了武俠小說作者，一個很大的發揮創作空間。

－ 三指 －

　　含情脈脈，盡在不言中的浪漫，可不止是發生在有情人的眉來眼去之間，伸出你的雙手，厲害的中醫一出手，三指搭上左右手腕的寸關尺部位，便能把出潛藏的健康問題，醫聖張仲景說治病有一個很重要的原則：「觀其脈證，知犯何逆，隨證治之。」當中醫把完脈，他說出來的對不對？準不準？病家心裡自有一把尺，馬上一清二楚，因為脈之所在，即病之所在！

有人說：「兩手寸關尺脈，講的不就是五臟六腑的毛病嗎？把脈，醫生摸得到，病人又看不到，還不如去照張片子，做個核磁共振什麼的，來得一目瞭然。」如果，去照張片子，做個核磁共振什麼的，能照出陰陽、表裡、虛實、寒熱，那中醫還真可以打包收山了。

　　如果只為把脈，又不止手，人身體的兩側頸動脈，或兩腳脛前不也是有趺陽動脈可把，幹嘛中醫都直接在手腕的寸關尺把脈啊？嘿嘿，中醫已流傳數千年，可不是今天才有的，別忘了古時男女授受不親，郎中又多為男子，那深閨中女兒、太太、老夫人生病了，放下床前布幔，伸出纖纖玉手倒也還好，如果是伸出腳丫子，或探出頭來把頸邊的動脈，豈不爆笑和太不成體統了？

　　在左手，中醫從寸關尺脈中，把心、肝、腎脈，同時也可查知相表裡的小腸、膽、及膀胱的脈象。從右手，中醫則可以得知肺、脾、命門，及相表裡的大腸、胃、三焦的狀況。中醫師會告訴病人他所得知的訊息，相予印證是

不是這麼一回事，病家心裡起碼自然就知道，這醫生看病功力如何了。

　　要不要試試把你自己的脈啊？來，把左手心向上放好，高低位置大致上與心臟水平，右手食指中指無名指並排，不可以用指腹，要用指尖碰觸，因為指尖靈敏度比指腹要高；然後把無名指貼近左手、靠大拇指側手腕的橈動脈上。

　　一時間，分不清楚寸關尺，記不住臟脈的哪是哪都沒關係，我們要感覺的是：輕輕一按？或是要重按？才能找得到脈動，那脈搏的跳動速度呢？平和？緩慢？還是有些快，一分鐘超過八十下嗎？流暢度呢？是從容的平順？還是連滾帶爬的彈跳？按下血管的感覺，柔軟有彈性嗎？還是僵硬的觸感？

　　看，脈脈果真有含情，不同的脈象，盡在不言中的向中醫師投訴它們的悄悄話。中醫把脈，把的是五臟六腑的功能狀態，是不是有太過或不及，正因為腑臟間制約失衡了，所以才會造成有什麼證狀的疾病發生；而脈象，正似求援的訊號，一波一波又一波的，向中醫傳遞著「有諸內

必形諸外」的SOS、SOS……。

　　中醫一般把脈的方法，叫「浮、中、沉」，是很大有
學問的招數：浮，是先輕取輕按，初步研判、看看是不是
有表證？有沒有外感風寒？接下來中取，再按下去，在沉
中推筋找骨，尋找那潛藏的病因；脈取浮、中、沉，也是
在看人身上的上、中、下三焦。就靠這樣的循序漸進，切
脈學問，就盡在醫生個人三指修為的功力中了。

　　正常人的脈象，在一呼一吸間，中醫根據《內經》的
「平人氣象論」，定為一息四至，就是一次呼吸，脈搏跳
動四下是正常的。三指間下，寸關尺脈是不沉不浮、不軟
不硬、從容和緩有力，這便是正常人的「平脈」。用大家
熟悉的說法來講，就是一分鐘心跳約在七十到八十之間。

　　平脈中藏的「胃、神、根」三種表現，是中醫診察
病人預後的關鍵，胃是指這病人還有胃氣，能進食、體
能還可以有滋養；神是指脈象從容、和緩有力；根則是指
腎脈，人的元陰元陽皆藏於先天之本的腎臟，只要不傷及
根柢，哪怕一時枝葉枯槁，還能有重新發芽的機會。因此
脈象中的「胃、神、根」俱在，疾病預後就好，如果飄忽

了，失去胃神根脈象，疾病的預後便事態嚴重，因為腑臟已衰竭，「真臟脈」現，精氣盡洩於外了。

　　當一個病人真臟脈出現了，中醫依據五行生剋，一如《內經》「平人氣象論」所說的：「肝見庚辛死、心見壬癸死、脾見甲乙死、肺見丙丁死、腎見戊己死。」指的便是庚辛時日屬金、金剋肝木；壬癸屬水、水剋心火；甲乙屬木、木剋脾土；丙丁為火、火剋肺金；戊己屬土、土剋腎水。當然以今天西醫科技來說，在加護病房，靠著人工體外的臟器替代維生機器、比方「葉克膜」，便能一拖再拖，只是這樣對一個五臟六腑器官已經完全衰竭的病人來說，是算「還活著」呢？還是徒增病人不斷水腫、感染、插管、電擊等等無效搶救的折磨之苦呢？

— 抽絲 —

　　有支廣告CF說：「古時候通商之路是絲路，現在經商之路是網路。」e化之後的年代，大大改變、推翻了許多人

類的生活習慣模式，包括網路上很多的健康Q&A、疾病醫療的置入行銷、甚至遠距看診。但這些，是不是真正的讓大家，對健康這件事，有了更多的提升與覺醒呢？

　　所有的網路科技，該都精密不過人體綿密縱橫的脈絡組織聯繫吧？人體四肢有左右對稱的二十四條主經脈，分別與臟腑相連接，再加上奇經八脈、十二經別、十五絡脈等等，形成了一張人體的大網絡，而這張大網絡上，還分布著三百六十五個穴位，內連腑臟，外連四肢百骸、五官九竅。

　　沒踏進中醫門之前，會懷疑中醫老是掛在嘴上講的，和西醫有所爭執的「經絡」，到底幹嘛用的？《難經》二十三難上說：「經脈者，行血氣，通陰陽，以榮於身者也」。一代名中醫劉渡舟教授認為：經絡是中醫的基礎，不但早從內經時期就講腑臟經絡，中醫的整體觀、辨證觀，都得用經絡學說，來加以說明。

　　中醫師看病，會從經絡循行位置，辨認出氣血失調的病因所在，比方該排出體外的一些廢物垃圾，會因為身體能量不足，還來不及排出去、半路上就給堵塞住了，經

絡一不通，病人就疼痛難免。《黃帝內經·靈樞》的「官能」篇中：「五臟六腑，察其所痛，左右上下，知其溫寒，何經所在，審皮膚之寒溫滑澀，知其所苦」。這就是為什麼一旦我們體內的腑臟，發生了病變，中醫不難在相對應的經絡上，找出證狀來追根究柢。

這對不是中醫科班出身的我來說，經絡複雜好比一倉庫亂絲，要抽絲剝繭不只非常非常高難度，甚至是耐心、意志力的大考驗，有些學問、功夫，是可以「江湖一點訣」，說穿了，就很順手捻來。可是經絡，非得耐著性子，慢慢的去條條疏理，越急著去破解，反倒事倍功半。如果不是宿疾纏身，想我一定也會不堪經絡複雜的「族繁不及備載」，而逃之夭夭的吧？

自古中醫有「一砭、二針、三灸、四藥、五導引」五種預防和治療疾病的方法，從考古所挖掘出來的「砭」，是指一種石頭片，一端磨圓可拿來按摩時用，另一端則類似中醫常用的三稜針，用來放血或排膿時用的。「砭」之所以能列為五種醫術之首，在於取材容易，只要懂醫術的人，幾乎隨時隨地都能透過疏通經絡，來快速治療調理病

人的不舒服，以及用來教百姓作簡易的保健養生指導。

　　時至今日，很多民間流傳的推拿、按摩、拉筋等功法，只要懂基本的五臟六腑任督二脈循經所在，甚至不必動用或針或灸、刮痧或拔罐，靠自己的雙手，和恆心毅力，一樣可以幫自己活絡和疏通經脈，做基礎的養生保健，或讓病體得到更助一臂之力的康復。也許你會說：「這麼多條經絡、三百多個穴位怎麼記啊？」沒關係，有句話：「寧失其穴勿失其經」，有問題的經絡，自有痠痠痛痛、或麻或脹提醒，而關鍵穴位，不舒服的時候，去摸去按，一定會有壓痛點。

　　人的本能很奧妙，身上哪痠哪疼了，就會自動自發去敲一敲捶一捶，就連找人幫忙貼張痠痛貼布，都能清楚指出哪裡的筋絡扭到了，哪裡的痠痛有一點，壓下去會特別痛。下回不小心碰上了，留意一下這痠痛麻脹，還真的和經絡如影隨形，如果有心再探究竟，不難請中醫師找出原因，為什麼這裡特別容易痠痛？為什麼這裡一不小心，就容易習慣性扭傷？是相對應的哪個腑臟在提出警告？在發出求救訊號了？

　　《難經》二十三難上還說經脈是：「皆因其源，如環無端，轉相灌溉。」換句話說，如果這些通道網絡，一旦有些地方出問題了，就好比路上交通，有事故發生，車道受阻，要不回堵、要不就前行流量不足，對肇事點的前前後後，都會有所影響。如果，醫生看病，只管排除了肇事原因，而忽略掉回堵時形成的陳腐瘀積，或因前行不足而造成的有所偏缺，豈不是就埋下了另一樁病因？換個角度看經絡，是我們人體密集的氣血交通循環之路，它的順暢與否，當然和健康有著密不可分的關係。

　　人身上的經絡，是中醫治病的重要基準，天地間經緯縱橫，為什麼叫「經」絡？不叫「緯」絡？想到了嗎？人是直立走經線的、而絕大部份動物、禽鳥、魚類，身體是橫著來、是走緯線的。人的或站或坐，都直著做事，橫躺著休息睡覺，直稟經天之氣、橫稟緯地之氣，佔盡稟天地之氣的優勢，所以人聰明，可以笑傲萬物，洋洋得意，自詡為「萬物之靈」。

　　用這樣來反觀中醫所謂經絡與腑臟間的整體運作，是不是覺得中醫是很言之有理的生活醫學？不必要有很高的

IQ，不必是要常常考試都得拿一百分的資優生，才能讀得懂中醫基本上是在講些什麼。二十一世紀的今天，優渥物質生活把人寵上了天，身心相偕沉溺於享受，也難怪什麼有的沒的疾病，一再挑釁人的健康。多懂些自己的身體，自然會有所警惕，拿身體開玩笑，鐵定會自討苦吃，這可是千古不變的遊戲規則！

　　生病，尤其碰上難纏難解的疾病，痛苦的是自己，誰也替代不了，時間一久，拖累到一家老小生活品質；如果，懂得如何「正確」的保養自己、照顧健康，就不會道聽塗說、人云亦云傻傻的跟著花錢卻買罪受。基本的身體健康不是時尚，沒什麼流行可言可趕，最重要的負責人是自己，被摸著頭、牽著鼻子、誆著走，罔顧自己的健康，對愛你和為你所愛的人來說，算負責任嗎？

－ 神形 －

　　《黃帝內經‧靈樞》中，將醫生分成兩種：「上工守神，下工守形」，一位好醫生，當他觀察出疾病的些微徵兆時，便著手清除；像著名的扁鵲望齊侯之色記載，當齊侯病色才初現皮膚，扁鵲便進行了防範與治療。

　　如果一個醫生，從一個已經發病所產生的結果症狀，去看這個結果要怎麼消化處理，而沒有去抽絲剝繭深入追查，病因究竟是從何而起？忽略了人體是腑臟生剋相連的，這樣切割「守形」治病，只能稱之為下工。這樣的醫療，對病人來說，很無辜，能算是真正得到深入和完整的醫治嗎？

　　張仲景在《金匱要略方論》中也指出：「上工不治已病治未病」，如果等病已成形，就如同《內經》的「四氣調神大論」所說：「夫病已成而後藥之，亂已成而後治之，譬猶渴而穿井鬥而鑄錐，不亦晚乎。」以一個病人的立場，乍看這段，很感傷，不幸碰上麻煩的疾病，能不能遇到「真的」識病醫生？能不能「真的」藥到病除？「真

的」是無語問蒼天啊！

　　「神」？《內經》的「陰陽應象大論」說：「天地之動靜，神明為之綱紀，故能生長收藏，終而復始。」好抽象，看不到摸不到，無形卻存在的東西；就像人體的陰、陽、虛、實、精、氣……。以白話來講，這麼說吧：人身整體的功能運轉，不論生理或是心理上，都有賴於「神」的運籌惟幄，但中醫的「神」，並不只是單純的等同大腦功能。

　　中醫將「神」，分別歸屬在五臟中，《內經》「宣明五氣論」中說：「心藏神、肺藏魄、肝藏魂、脾藏意、腎藏志。」中醫所講的「神」，和導致生病的內因有因果關係，是和身心靈必須整體合作無間的健康有關係。

　　而「形」呢，像腑臟器官，是解剖人體時，可以看得見、摸得清楚的。中醫與西醫的不同，在於「神」與「形」之間，有很大的一個差異性！像經絡穴位，西醫解剖就是找不到，所以存在爭議。但你會因為空氣看不到，摸不著，而否定掉有空氣這回事嗎？

　　《難經》七十七難說：「經言，上工治未病，中工治

已病，何謂也？然：所謂治未病者，見肝之病，則知肝當傳之與脾，故先實其脾氣，無令得受肝之邪，故曰治未病焉。中工者，見肝之病，不曉相傳，但一心治肝，故曰治已病也。」

現在西醫分科越分越細，單就一個感冒，你是要看家醫科？耳鼻喉科？還是內科？「分科太細，豈止是鑽牛角尖？根本已經忘掉了，人體的腑臟都是互相有關聯的，西醫不了解治肝須先治脾，治心須先治肺，治腎必先治心，治脾必先治腎的中醫五行觀念。但是學了中醫，對人的健康或疾病，要看全部、看一個整體！」倪老師的耳提面命，至今不忘，體會感觸很深。

醫者意也，在中醫學中，的確有不少東西，只能意會，只能靠醫生個人的悟性修為，在臨床時去體會印證，真的很難言傳。拿核桃來說吧，有補腦益腎的作用，你看核桃表面，皺巴巴的多像大腦，核仁對半剖了、形狀像腎臟；核桃含有極豐富各種營養價值，但西醫學和營養學家得透過反覆實驗才能研究出來，可是中醫取其象、看就能體悟知道。另外像是中醫見到了蔓藤類植物「葛根」，就

能意會它的物性，就會研判想到，可以用來當疏通經絡的藥材之一。

　　中醫在開一帖藥的時候，君臣佐使調兵遣將要面面顧到，這樣周全的陣仗，不就像有招卻無式的迷蹤拳，讓疾病很難摸到「來者不善」的頭緒、產生抗體來抵制治療。歐美和日本、包括大陸，當把中藥複方中，某單一味看來藥效治病特別好的藥材，拿出來提煉精純化後治病，一開始效果不錯，但幾年後，就不行了。這還真好比總是只有一招半式闖江湖，被摸熟了門路步數後，遲早都會被淘汰幹掉的。

　　讓中醫看病，講氣講血；血人人都看過，知道是怎麼回事，氣呢？會聽醫生對不同的病人說你氣不足、你氣虛，看不見摸不到的氣，是什麼？怎麼知道不足虛了呢？中醫的氣，在呼吸之外，還包括了飲食營養的水穀之氣，以及器官組織間互動的腑臟之氣、經脈之氣。如果氣不足虛了，就表示能源動力失調了，身體就會透過各種形式的不舒服，向你提出警告。

　　如果，我們生病了，只管把病變的那一部份，獨立拿

來研究判讀就醫，而漠視人體腑臟經絡是休戚與共，這樣的片面，會不會有「瞎子摸象」的疑慮呢？比方說發炎，外傷會造成發炎、口腔裡破了會發炎、過敏皮膚癢一直去抓，也會發炎，但這樣一個表象的發炎，去看醫生，不都是一樣？開消炎口服藥或塗抹藥膏來解決？那造成發炎背後的病因呢？你也認同用用消炎藥，外表OK就行了嗎？那些導致三不五時反反覆覆發作的罪魁禍首呢？不用追究了嗎？

第八章
宇宙操

「人要維持健康，飲食起居要有節制外，要能無所畏懼順應大自然的變化，不管天氣冷冷熱熱、刮風下雨怎麼多變，都要能走出戶外面對、適應天候而不生病，否則一變天，一換季，老是在感冒，和健康就越走越遠了。」不管天氣怎麼變，都要能走出戶外面對、適應天候而不生病，莊淑旂博士的短短幾句話，隱藏多大的體能考驗！

－ 博士 －

認識莊淑旂博士，起因是在十多年前的一次關於母親節的採訪，博士盛名享譽中外，同時身為日本皇室御醫之一。日本皇室一板一眼的拘謹嚴肅與保守，讓我在見博士之前，還真戰戰兢兢，深怕有唐突不周。很意外地是一路訪談下來，覺得博士像台灣阿嬤，笑咪咪挺慈祥的台灣老阿嬤。

博士在到日本之前，是台灣第一位有行醫執照的女中

醫師。台灣光復前後，民生物資凋敝，生病了，百姓普遍窮困，加上能用的醫治藥材捉襟見肘，博士卻因對中醫藥有極異於常人的悟性，而屢屢幫病人化險為夷，在博士的處方中，透過日常食材來調理疾病，遠多於用藥。

以發高燒來說吧，在那個還不流行解熱鎮痛劑、打退燒針的年代，博士教病人家屬，用蕎麥粉，打顆雞蛋攪拌成糊狀，將麵糊敷在乾淨的布塊上，貼在病人五心上，五心是指胸口心上、雙手手心和雙腳足心。麵糊被體溫烘乾了就換，短時間後，病人就自然退燒了。為什麼一定要選用蕎麥粉？博士說：「因為蕎麥可以清熱祛濕，生雞蛋本身也有消熱解毒的作用。」

幾次採訪後，和博士熟稔起來了，對一身病歪歪的我，博士有著許多的於心不忍，別說換季不好過，就連一天當中，碰到正午時分，氣溫升高了，都會讓我渾身不舒服。特別是在夏天，受傷的筋骨，宛如被擱在天為爐地為火的蒸籠裡，因高溫而筋縮，不免心煩氣躁、坐立難安。

博士因為年事已高，早就不看診了，所以儘管和博士見面機會不少，卻又不好意思開口求診，每當博士發覺

我神色不對，她總是像在不經意間的拉起我的手，順勢把脈，然後告訴我發生了什麼問題。長年久病，看過的中西醫豈止可以「論打」計算？博士貼心親和的「收拾善後」態度，常讓我動容之餘，不禁猜想，也許，在哪輩子，我們結有很深的善緣吧？

西醫針對筋骨痠痛痙攣而開的消炎止痛藥，加上肌肉鬆弛藥劑，開始讓我感受到「被禁錮靈魂」的痛苦。這類藥，曾有位大名鼎鼎的西醫在談話性節目中說：「因為受限看診時間，否則醫生應該可以用更精準的劑量控制，病人就不會發生服用了肌肉鬆弛劑後，結果不管該鬆不該鬆的地方，都一起給鬆了。」

對我來說，服藥後的副作用，不一會兒，就使人舌頭打結，頭腦是清楚的，卻難以明確表達出想說的意思；手變無力難以舉筷、難以握筆，甚至思路會有突襲而來的片段空白……。這種感覺令人沮喪和痛恨，生有何歡？死有何懼？人生走到這一步，灰澀無奈之至！

博士知道了問題所在，她告訴我：「用兩錢的茯苓研粉，去蒸一副豬腰，一天一次，空腹吃，先吃兩天吧！」

用單味茯苓？不需要複方嗎？心裡疑惑著，如果是以同樣的這毛病去看中醫，肯定開出的藥至少七帖吃一個星期，而且每一帖藥還都厚厚一大包，少說也有十來種藥材混合。

當個「被禁錮靈魂」的人，是很毛骨悚然的感覺，雖然現在要上傳統市場，買一副新鮮的豬腰，對身為一早趕上班的職業婦女、又習慣上超市買菜的我來說，還滿困難的，所以熬到周五一大清早去肉攤找，才知道豬腰，還不是要買就隨時能買得到的，只好再三拜託老闆，因為要燉藥用，請無論如何幫忙留兩副，錢先付都沒關係。

用兩錢的茯苓研粉，去蒸一副豬腰；當真快速解我筋骨束卡西卡痙攣抽搐之苦，事後請教博士，她笑笑的說：「腎主骨啊，在還沒有洗腎的那個年代，這是幫忙快速恢復腎功能的古方。」中醫處方，是依病人不同體質用藥加減的，我的意思是說，如果你也有類似的疾病，還是要先請中醫看過，不要就這般依樣畫葫蘆，每一個人體質、病

情不盡相同，中藥比較不像「罐頭處方」，看似一樣的問題，但中醫還是會依個人的不同，加減劑量或調整藥材的。

　　常因公私忙不完的壓力，無法獲得很好的休息，特別是睡眠品質。雖然知道若是勤練氣功，是可以幫助有好睡眠的，可常常一忙一累，就成了偷懶的理直氣壯藉口。往往身體已經疲累到癱了，偏偏腦袋還像在跑走馬燈，轉個沒完沒了，等翻來覆去到睡意朦朧，差不多也將黎明。長年累月，頭痛一來，會痛得讓人睜不開眼。一回在博士面前發作，讓她老人家看不過去，當下把了脈，卻沒說什麼。當時，我還很受驚嚇，心想大事不妙：這下毀了？

　　不料隔兩天吧，博士要我中午無論如何一定要去她那裡吃中飯，恭敬不如從命的去了，博士端出一碗天麻燉豬腦，叫我一定要吃完。雖然豬腦看來有點那個，卻不敢拂逆博士的心意，乖乖聽話吃完後，多年來，幾乎不曾再那般劇烈的頭痛過。天麻燉豬腦，就單一味藥，天麻！再次見到博士不可思議的用藥之神。

　　博士的宇宙操，很多人管叫：「毛巾操」，對國人來

說並不陌生，動作簡捷有力，透過抬頭挺胸、伸展四肢、拉開全身上下淋巴系統、橫膈膜、鼠蹊部。若以中醫觀點來看，宇宙操雖然動作極其簡易，卻輕鬆、迅速的拉開和活絡了四肢經絡，對熟年人、終日伏案的上班族和學生來說，是很養精蓄銳的運動。像這般做操時間「短」、佔用空間「小」、老老小小都能「輕」易好做、對沒運動預算的荷包來說，是零負擔，真該好好推廣成為全民天天十分鐘的健康操。

　　「調節免疫力，不要感冒，感冒是萬病之源。宇宙操很簡單，再怎麼忙，一天也找得出十分鐘做操。」博士這話，我當真身體力行了，而且成為每天的例行功課。有心做宇宙操，只要一個雙手手臂可以上下左右伸展的空間，加上十分鐘時間，簡單的操，持之以恆的做，效果或因人而異，對我來說，腰痠背痛、精神不濟的時候，花個十分鐘「認真」做一下操，動一動，回神很快。如果你也很討厭一變天感冒就纏上身，那麼簡單的操，有恆的做，請你也來試試這小兵立大功的宇宙操！

─ 食醫 ─

東方醫學中有一句「醫食同源」！

早在春秋戰國之前，周朝所建的典章制度《周禮》中，將醫生分為四級：疾醫、瘍醫、食醫、獸醫，而「食醫」是醫生中層次最高的。因為食醫掌管王族的飲食營養調理，可見遠在周朝，已經有了「病從口入」的警惕。來自飲食的養生，和健康是息息相關的。

喜歡大吃大喝或飲食不正常的朋友，傷害脾胃不和之外，有沒有想過，很多疾病的源頭，是吃進太多、營養過剩，消化不了？萬一又不愛運動，不但長年累月的屯積該排卻排不掉的身體廢棄物，還餵養了我們身體裡不該存在的麻煩，比如病變的發炎、潰瘍、腫瘤……。農夫都知道，要施肥前一定得先除草，要不然雜草吸收肥料，可是比農作物來得快。而這些身體裡不該存在的麻煩，一旦串聯糾結起來，只怕比雜草還難處理。

有句「醫食同源」的俗話，或也聽過老人家說過吧，「冬吃蘿蔔夏吃薑！」冬天盛產的大白蘿蔔用來燉湯，很

多人都愛喝。可是蘿蔔性涼，冬天已經很冷了，為什麼還要吃這種寒涼的食物？中醫說，因為冬天人的陽氣會潛藏在裡，為了避免積熱的發生，所以用蘿蔔的性涼來均衡一下；同樣的，夏天吃薑，是因為陽氣在表，胃中較為虛冷，所以用薑的溫性來暖胃。

　　博士在她的著作和演講中，總苦口婆心地提醒：「灶腳就是藥櫥（台語：廚房就像藥櫥之意）」。意思是說，一個懂得善用食材烹調、維護飲食健康的主婦，是一家子人莫大的福氣。博士所謂的善用食材，是指懂得「用天時地利以養人和」！當季的生鮮、在地的出產。不是說，一方水土養一方人嗎？當大自然因著不同的地理環境，孕育出在地生鮮，就足以餵養在地人的健康時，還一定要追求千萬里外，搭船坐飛機飄洋過海來的高檔餐飲嗎？高檔價錢，也不見得等同高檔新鮮度和營養價值。時下的環保概念：「愛地球，減少碳足跡污染！」博士早就推廣行之有年了。

　　有句台灣諺語：：「正月蔥、二月韭、三月莧、四月蘿、五月匏、六月瓜、七月筍、八月芋、九芥藍、十

芹菜、十一蒜、十二白」。意思是說：正月盛產蔥、二月盛產韭菜、三月盛產莧菜、四月盛產空心菜、五月出產葫瓜、六月出產絲瓜、七月出產筍子、八月多產芋頭、九月產芥藍菜、十月盛產芹菜、十一月出產蒜頭、十二月盛產大白菜。博士總說：「妳看，順著季節盛產的蔬果，就能變化搭配出多少好吃料理啊！」

　　和博士一起用餐，當季生鮮是首選，其次是少鹽少油多蔬果，博士並非吃素，只是葷素比例有所拿捏，別以為這樣的菜色會單調沒胃口，博士在食材用料配色上堪稱一絕，我曾開玩笑說：「哇，光看每樣配菜，色澤都好漂亮啊！」博士會莞爾回說：「中看、也中吃的！」我心想，這或許和博士旅居日本多年有關係吧？博士習慣汆燙和清蒸料理，還真少見博士吃油炸燒烤的東西。

　　「父母不能跟隨兒女一輩子！所以要從小教育孩子，如何從生活習慣中，學會照顧自己的健康，這才是留給兒女一生，受用不盡的最大財富。」博士主張：「小小孩從開始學吃飯，開始嚐試各種食物起，就可以在教他認識食物名稱的同時，讓他實際的去面對要吃的食材。這是蕃

茄、菠菜、紅蘿蔔、小黃瓜、高麗菜、馬鈴薯、豆腐……
讓小孩透過觸覺撫摸食材、加上對顏色形狀的視覺、聞一
聞新鮮和煮過的食物，有什麼不同的嗅覺差別，以及吃進
嘴裡的味覺。這樣一來，每一種不一樣的食物，連結了不
同的感覺印象給小孩，不但滿足了小孩的好奇心、又培養
了對食物的興趣，小孩也不容易產生偏食的習慣。」

　　此外，你也不妨試試博士說的這方法：三餐飯前，起
身做個上下左右的伸展，將橫膈膜拉開，這麼一來，吃
完飯讓人不舒服的脹氣，會有不錯的改善。學生或
上班族，一吃完午飯，就趴在桌上午休，是很糟糕
的壞習慣，博士忍不住搖頭要唸一下：「擠壓裝
滿食物的胃，妨礙消化，對健康是很不好的。」
　　中醫用藥講藥性的辛散、酸收、甘緩、苦
堅、鹹軟，就是教我們五穀、蔬果、牲畜各有各
的五味偏勝，用藥也好、吃東西也好，特別是進補，還是
先多了解一下自己的體質，如果不清楚，任何一位執業中
醫，都該是可以透過望聞問切，幫你做精準的健康檢查與
調理建議的。

　　《內經》「生氣通天論」上說：「謹和五味，骨正筋柔，氣血以流，腠理以密，如是則骨氣以精。謹道如法，長有天命。」如果，懂得從當季在地生鮮飲食中，均衡五味，不過貪或不及的偏食，那麼身體就會得到充足的營養來源，這樣我們的筋、骨、氣、血、皮膚，都能處於健康正常的狀態，想延年益壽，並不困難啊！看，營養攝取均衡的概念，中醫早在兩千多年前，就已經清清楚楚的有所交待了。

　－ 談判 －

　　談判，一門妥協與退讓的大學問。商場上的談判，錙銖必較、爾虞我詐是一定要的。而這裡所說的談判，套句博士的話：「要真心誠意和自己的身體對話！」換句話說，沒什麼好逞強好ㄍㄧㄥ的，該道歉的就道歉，該懺悔的就懺悔。

　　對任何一個長年久病，病情時好時壞、反覆不定的病人來說，都會有情緒不穩、陰晴不定的地雷，尤其越是身邊親近的家人或朋友，誤踩地雷或被掃到颱風尾的次數，應該是數不盡吧。A型天秤的我，算滿壓抑情緒，亂發脾氣很少，不舒服到忍無可忍，就關門搞自閉。

　　「這也不是辦法！」博士說：「每個人，天生就有自癒的本能，會發揮出多少潛力，就看自己怎麼對待身體，學著和自己的身體對話，讓身體和妳溝通，話說開了，身體本能，會幫忙找到出路的。」好深奧的說法，很像《侏羅紀公園》裡的一句著名對白：「生命，會自己找到出口。」博士說的，是種自我深沉對話的心理療法嗎？

　　「以妳來說，要對一身筋骨感謝，謝謝它們受傷之後，還盡責盡力的在支撐妳；要和它們說對不起，身為主人，沒有善盡照顧好它們的責任。從今以後，妳會好好鍛練身體，讓它們少受痠痛痙攣的辛苦，也請它們幫忙，發揮自癒力，大家一起為身體的健康打拚。」

　　一個身體健康，少受疾病纏身的人，聽起來或許會覺得五四三吧？什麼跟什麼？我深信，依博士學養是不會誆

人的，再說這樣的「身體談判」，溝通起來也不難，不就自己誠實以對，好好檢討反省便是了。一段時間後，竟然發現，博士是說真的，身體也會回應你的善意溝通，只要說話算話不賴皮，平心靜氣全神貫注，持之以恆的「信守承諾」，腑臟、經絡、肌肉、筋骨會告訴你，哪裡的不舒服好多了，哪裡的老毛病還有待加強修復，要變天了，哪個地方要小心嘍。

　　曾在博士那裡，親見一樁「醫病談判」，令人動容。一位矮小瘦弱的婦女，帶著兩歲左右的小兒子、氣色灰敗，遠從外縣市輾轉來找博士，一開口就眼眶泛紅：「我真的很不舒服，也看過好幾科不同的西醫，做過一些檢查，醫生卻都說我沒什麼毛病，可是我真的沒精神體力做事、整理家裡，我婆婆、先生都罵我偷懶裝病。要不是放不下三個小小年紀的孩子，我也不想活著受這種折磨。」

　　博士悉心望聞問切，那個小男孩非常的怯生生，一直纏著媽媽要抱抱。「我可以幫妳！」博士說得斬釘截鐵：「但是我有條件，如果不能依從，我就不會管，不要醫妳。」一旁的我，比病人還驚嚇，有條件的治病？這不是

我所熟識的博士啊？「妳先回去，叫妳先生、妳婆婆來見我，娘家媽媽還在嗎？」病人點點頭。「就這一兩天，時間約一約，連妳一起來見我再說。」一臉的茫然，這媽媽抱起小孩，嚅囁討價還價著：「為什麼呢？不能直接跟我說嗎？我不知道，他們會不會聽我的？肯不肯來？他們會嫌我在找麻煩……我已經沒救了嗎？」

　　「如果，妳先生還要孩子有媽媽，妳婆婆還要妳這媳婦，妳媽還要妳這女兒，就非來不可，妳就說，是我莊淑旂交待的！放心，他們來，我一定會把妳治好的。」博士嚴肅起來除了權威外，還是有點兇的：「放下小孩別用抱的！」這一說連小男孩都乖乖下來。「盡量哄他自己慢慢用走的，妳現在的狀況抱孩子，一不小心很容易就昏倒，摔了跤，大人小孩都麻煩。」

　　病人母子走了，我忍不住追問為什麼？博士歎著氣：「中醫說有證必有病，但是有些神經官能症狀，西醫卻不認為是病。她長年抑鬱又操勞，連生三個孩子又都沒好好坐月子，身心俱疲啊，要治身上的病，心病也要醫，找她先生、婆婆、娘家媽媽來，是要先生、婆婆體諒，這段時

間幫忙帶孩子、處理家務，讓她清心，隨自己媽媽回娘家養病，要吃要喝要睡都好說。」

　　三個多月後，到博士那兒，博士拿出幾張傳真：「還記得不能抱小孩的那個太太嗎？」呵呵，我正想問呢。「隔天下午，他們一家就來了，開藥之外，我把話也敞開跟他們說清楚，因為他們住得遠，我給了那太太一張自我健康管理表，第一個禮拜，她要天天填好生活飲食起居作息回傳給我，之後一個禮拜一次，前兩天第三次來回診，氣色都回來了，她們母女邊哭邊謝謝。哎，人要學會懂得照顧好自己、也要關心珍惜家人健康，不是一家人，不進一家門啊！」中醫說，病分內外因，辨證要用對藥、心病更要心藥醫，在博士身上，我看到了「視病猶親」！

　　不是有句話說：「自己最大的敵人，就是自己」嗎？因為自己生活習慣的偏差，沒有好好照顧身體健康，這種現世報是很折磨人的，真心誠意和自己身體的自癒力道歉、求和、談判，洗心革面「重新做人」，不是不可思議的胡說八道，人有許多天生具備的不可思議潛能，開不開發？要不要好好善用？就存乎於自己的一念之間嘍！

第九章
寶藏密碼

　　中醫，其實在預防醫學方面，著墨很深！不光是在疾病的預防，包括時下很夯的抗衰老、調理攝生。很多人才步入輕熟年35歲，毛病便如雨後春筍般報到，才想到嚷嚷著要養生，可是，養生已經來不及修補破銅爛鐵，那已經是要治病了！

－ 七天 －

　　在《傷寒論》中，提到了：「太陽病，頭痛至七日以上而自愈者，以行其經盡故也」。一般感冒，很多西醫也同意，好好休息多喝水，一個禮拜左右，不吃藥自己也會好，吃藥不過是快點紓解不舒服，提早截短病程而已。而這一個禮拜左右的七天、就是一個天生自然的自癒療程。

　　古埃及人在六千多年前，也曾有過「七日神力」之說，認為生命過程、包括疾病的一些復原，有七天一輪

休生養息的周期性。拿外科手術來說吧，通常西醫都會在一周七天後，安排病人拆線。如果感冒不管看了醫生沒，第一個七天沒好，會開始有點棘手，中醫說法是會從太陽表證傳經入裡，產生新病變，復原的時間，會是七的倍數十四天，或二十一天……。

　　資深高手中醫，常能斷病人生死之期，什麼病逢什麼天干地支？哪一季？什麼節氣？甚至在哪一天、哪個時辰一到，必走人無疑。《內經‧素問》的「藏氣法時論篇」，就是解碼線索之一。岐伯說：「五行者，金木水火土也。更貴更賤，以知生死，以決成敗，而定五臟之氣，間甚之時，死生之期也。」

　　以肝病來說吧，「病在肝，愈於夏，夏不愈，甚於秋，秋不死，持於冬，起於春。」肝病者的精神狀況呢？「肝病者，平旦慧，下晡甚，夜半靜。」用五行生剋來

看，肝屬木，木怕金剋，所以火氣
當令的夏天，火能制金還好，如果
過了夏天病還沒痊癒，當秋天的金氣
一來，病情就會加重。如果能熬過
秋天，冬天水氣來了，肝木會因得
水而生，性命能維持喘息。等春天
一來，是肝木自逢生旺，病就容易好了。「肝病者，平旦
慧，下晡甚，夜半靜。」在精神狀況方面：平旦，指的是
寅卯時辰，清早天剛亮時，木氣生發，病人精神會比較舒
服，但是到了「下晡」、申酉時辰，下午的五六點，屬金
旺之時，病人就累了，為什麼到半夜子時，會得到紓緩？
因為木得子時水養啊。

　　中醫有運氣醫學之說，指的是五運六氣，用來預測
和研判一個年度天候變遷，以及對疾病所造成的影響。用
白話來說，算是一個年度的「氣象醫學」參考吧！五運是
木、火、土、金、水的五行生剋制化，六運是指風、寒、
暑、濕、火、燥六種氣候。中醫透過每年年份不同的天干
地支組合，演繹推算這組天干地支所蘊含的陰陽與涵義，

來參酌對病人病情的診斷與治療。這對要學中醫來說，是很深奧的一部份，也讓我很感慨，與中醫相逢相識，恨不在少年十五二十時，年輕時的頭腦，多管用、多好用吶！

　　說到天干地支，為什麼不是「地干天支」呢？看看樹，樹幹是直著向上長，而長在樹幹上的分枝，是不是橫著生？所以幹法象於天、枝則法象於地。天干地支不僅是替代數字的排列組合，每一個獨立的字，都還各自有生、長、熟、收、藏的奧妙在其中，所以從天干地支的歲次組合中，可以看出這一年是不是好年冬？節氣如何？對醫生看病人來說，與腑臟生剋、病情的進退觀察，都可以做周詳的串連，更能在治療上，多一層運籌帷幄的思考。

　　以生生不息的循環來看天干：甲為嫩芽破莢、乙為抽芽初生、丙為茁壯之中、丁為生氣蓬勃、戊為繁榮茂盛、己為成熟之至、庚為開始收斂、辛為新生醞釀、壬為新生孕育、癸為新生將始。十二地支則是：子為埋藏孳生、丑為萌芽於裡、寅為初生始演、卯為萬物榮茂、辰為生機旺盛、巳為成長到頂、午為花萼滿佈、未為果實始成、申為停止生長、酉為萬物汰舊、戌為休生養息、亥為新生埋藏

候機而出。

　　如果不深入了解中醫，一看這些什麼天干地支、五運六氣，上半年誰司天？下半年誰在泉？誰生旺誰？誰又剋誰？也難怪會嗤之以鼻、視為無稽之談。可是當眼見為憑，醫家老祖宗的修為，不得不令人歎為觀止肅然起敬。莊淑旂博士，因著這樣的功力，幫助海內外無數臨終病患與他們的家屬，提早坦然面對生離死別，將悲傷與遺憾降到最低。

　　大限，很公平人人有，近年來，病人的臨終照護與家屬的悲傷輔導，開始被醫界「正眼相看」。當莊淑旂博士從診察中，知道病人大勢已去，博士會告訴家屬，病人剩多久時間，除了告別的心理準備外，可以怎樣在臨床看護上幫助病人，讓他盡量沒有心理罣礙、身體痛苦，走得安祥。「當病人往生後，收到家屬的感謝信函，雖然很五味雜陳，心裡還是會覺得安慰，病人走了，家屬要能走出傷痛，繼續好好過日子才是。」生死兩無憾的關照，當真是送佛送上了西天。《內經》說：「不知年之所加，氣之盛衰，虛實之所起，不可以為工。」對博士行醫功力之深

厚，我敬佩不已。

－ 張機 －

　　中醫有四大必讀經典：《黃帝內經》、《難經》、
《神農本草》、《傷寒論》。張機字仲景，是《傷寒論》
的作者，是中醫臨床醫學的奠基醫聖；生活在東漢末年，
和大家熟悉的魏、蜀、吳《三國志》眾家英雄好漢同一時
期，當時，在中醫史上，赫赫有名的華佗，也同台亮相。

　　東漢末年，在史書上記載的大自然天災，就有二十二
起之多：像旱災、水災、海水倒灌、河堤決口、地震、蝗
蟲、風災、土石流，能夠想像到的自然界的災害，在那個
年代，禍不單行。古有明訓：「大災之後，必有大疫」，
加上群雄割據、三國紛爭，烽火遍野，大兵之後，也必有
大疫，以至於《東漢會要》記載著當時百姓「不死於兵，
即死於病」。

　　張仲景自己在《傷寒雜病論》序裡說：「余宗族素

多，向餘二百。建安紀年以來，猶未十稔，其死亡者，三分有二，傷寒十居其七。」張仲景說，建安元年以來，不到十年的時間，我二百多口的家族，死了三分之二，這三分之二中，有十分之七的人，是死於傷寒病。

　　這裡所說的傷寒，是指的外感病的總稱，「寒」字在古代，有一個廣義的說法，就是泛指「邪氣」；而不是現在西醫所說的「傷寒」。身為一個醫生，看到瘟疫橫行到這種地步，又沒有更多更好的辦法，來防治圍堵，來挽救親朋和百姓的生命，張仲景唯有積極應變、付諸行動：「感往昔之淪喪，傷橫夭之莫救，乃勤求古訓，博采眾方，撰用素問、九卷、八十一難、陰陽大論、胎臚要錄，并平脈辨正，為傷寒雜病論，合十六卷，雖未能盡愈諸病，庶可見病之源。」

　　後世醫家認為，這樣的一個時代背景，對張仲景探索和防治疾病的因緣際會，是種可遇不可求的鞭策與激勵，當時所見到許多活生生病例的發展過程，及醫療用藥的攻防之間，是在實驗室裡，無法想像、模擬揣測得出來的。

　　融東漢前的數家「醫經」和「經方」合為一爐，這

裡所說的經方，是指歷代醫生，在臨床治療上有效、所流傳下來的經驗藥方；張仲景創立了有理論、有治則、有治法、有方子、有藥物組成的辨證論治體系，奠定了中醫辨證論治的理論基礎。而《傷寒雜病論》，歷經改朝換代失散、重整，唐宋之後，被分為《傷寒論》和《金匱要略》兩部書。

　　在世界醫學史上，創立針對病患個人量身治療的醫家，就是張仲景！早在東漢末年，張仲景採取了蜜煎方來導便、通便，或用豬膽汁來灌腸，他的這套導便和灌腸法，也是世界上最早有文字記載的醫療技術。唐代的醫官，和選拔官吏科舉一樣，都要進行考試，就像我們今天的執業醫師資格考，在唐代的醫官考試，比例最重的《黃帝內經・素問》要考十題，《傷寒論》也考十題，可見自古以來《傷寒論》在中醫學史上的舉足輕重了。

　　很多攻擊中醫迷信不科學的人，說古老中醫提不出具體臨床實驗、數據分析報告，可是，如果在開口批評謾罵前，是讀過經典、熟悉一部著作的生成背景，以《傷寒論》來說，不是很驚心動魄、血淚交織嗎？是集無數生靈

塗炭的搶救施治紀錄過濾而成，是再活生生不過的醫案累積過濾研究，怎可將中醫學隨口就輕易污衊呢？

·

－ 經典 －

「中醫真正的生命力，存在經典中！經典，不是你認為沒什麼就沒什麼；如果你認為經典是沒什麼，恰恰證明了你在經典中沒得到什麼！」劉力紅教授的這句話說得真傳神，更令人拍案叫絕的，是拿「相對論」打比方：「一個相對論到你手上，能變出個什麼名堂？如果你搞不出個什麼，是否能說是相對論太落後？或是愛因斯坦太糟糕？」

在漢代以前，醫學著作分了兩大門類，一類是「醫經」，就是基礎理論著作，醫經七家包括了：黃帝內經、黃帝外經、扁鵲內經、扁鵲外經、白氏內經、白氏外經及白氏旁經。另一類是「經方」，就是有效的經驗用方。特別是《黃帝內經》，由《素問》與《靈樞》兩部所構成，

大家比較常聽到的，多為《素問》內容所談及的。《素問》闡述了人與大自然的關係，人體的生理、病理、養生、診斷、預防與治療的法則；而《靈樞》則偏向經絡與針灸方面。

當高齡近九十歲的莊淑旂博士，有回和我談起《傷寒論》，她老人家竟然可以用台語，流利背出：「太陽之為病，脈浮，頭項強痛而惡寒。太陽病，發熱，汗出，惡風，脈緩者，名為中風。太陽病，或已發熱，或未發熱，必惡寒，體痛，嘔逆，脈陰陽俱緊者，名曰傷寒。」驚呆的我，下巴差點沒掉下來。《傷寒論》用國語講都很拗口很難背，何況是台語？博士說：「唸《傷寒論》，已經是六七十年前的事嘍！」六七十年前的事？博士竟然還能朗朗上口的背誦，莫非這就是經典，是能讓歷代醫家推崇讚揚的魅力所在？是醫家一輩子行醫的受用不盡？順手捻來有如穿衣吃飯般自然？

中醫最基本的四大經典：《黃帝內經》、《難經》、《神農本草經》、《傷寒論》，還真沒一本是好念的。好不容易讀完一本，第一遍的反應：「是喔！原來是在講這

個。」感想？連圇圇吞棗都談不上，是迷路森林，繞不上道；看第二遍，則像霧裡看花，有形有影了，但不通透；讀第三遍，就得帶著強迫逼自己……。還好是興趣所在深情的愛戀著中醫，沒有考試壓力的逼迫，儘管中醫是個才華洋溢、卻難纏難懂的情人，但每當一個進展轉折、每多推開一扇門，迎面而來的豁然開朗，豈止是山明水秀海闊天空可形容？

　　記得在曾辦過的系列「中西名醫對談」講座活動中，發現同一個疾病的講題，西醫光是在PowerPoint簡報上，就把中醫打得慘敗。西醫的PowerPoint中，X光片、核磁共振顯影、電腦斷層掃瞄，甚至疾病相關的聲光動畫，深深吸引聽眾的目光、引起很大共鳴與迴響。而中醫部份，PowerPoint簡報上，幾乎清一色一片字海，而且還是照經典古籍上抓下來的文言文！中醫演講，像照本宣科在唸沉悶的古文課，就只見隨時間一分一秒的過，聽眾不知不覺的睡得東倒西歪，工作人員只好把燈光，越調越暗、越調越暗。

　　中醫的PowerPoint上，不也是在講經典嗎？怎麼倒成

了唱催眠曲？中醫和民眾之間的距離，已經不是台上台下，是鴻溝，宛如世界最深的馬里亞納海溝！讓人冷眼在旁看得很心痛。明明老祖宗傳下的，是很好的醫學醫術智慧菁華立論，是千錘百煉有憑有據可考的臨床醫案，可怎麼在時空交流上，成了各說各話，溝通不過來呢？好高難度的中醫修補大工程啊！

誠如劉力紅教授所說：「經典之所以稱之為經典，在於能歷久彌新，就是那一個專業領域裡的頂尖代表作，水準擺在那裡，前無古人後無來者超越。」像莫札特、貝多芬、柴可夫斯基……這些音樂家的交響樂曲；像王羲之、顏真卿、米芾……這些書法家字帖，千百年過後，只有競相典藏，有人會因為年代久遠、作品古老，而嫌棄不屑一顧嗎？

因為醫學美容生技的精進，人人求常春不老的今天、號稱「無齡年代」，借用生化科技修修補補，不管你是男是女，外表看來想雕塑和保有青春容貌不難；但是內在呢？體能器官是二十五歲開始走下坡，不徹底坦誠面對真正的身體健康，做足表面工夫後，金玉其外、敗絮其中，

真就能擁有「無齡年代」的常春不老了嗎？想活得久、活得夠漂亮，恐怕得先掂一下自己體能本錢吧？頭腦還清楚嗎？耳聰目明嗎？髮不掉齒不搖嗎？四肢夠靈活嗎？能隨心所欲的行動自如嗎？

如果，真想讓自己，健健康康，能行動自如有尊嚴的活到老，不受病痛折磨，順其自然的死亡，那《黃帝內經・素問》一開始的前面幾篇：「上古天真論」、「四氣調神大論」、「生氣通天論」，比較淺顯易懂，以大家現在的教育程度，白話文版讀來不難，絕對是無可取代的養生書。如果《黃帝內經》，講的是個鄉愿迂腐，早就不知被淘汰遺忘到哪去了，既然歷朝歷代醫學史，都在在證明《黃帝內經》所言是對的，那何妨一信？讀了、試了有效，盡賺不賠，受益最大的，可是你自己呢！

第十章
病人學習

「治病，對我來說，不在醫生用藥強行壓制疾病，而是病人自己要深刻反省，因為病，是病人自己最清楚，怎麼招惹來的。醫生能幫忙治一時的病，但是一生的健康修補維護，要靠病人自己徹底覺悟，才會對自己有所要求：認真執行往後的自我健康管理！」

這是莊淑旂博士的耳提面命，她教會我自省，坦誠面對。生病真的是一門要自我檢討、謙卑潛心學習的「健康資產管理」功課，因為醫生也好、家屬也好，都沒病人自己清楚，病程來龍去脈確實事出有因。

－ 天助 －

人再怎麼自滿自誇，都脫離不了大自然環境而獨立自存。科技未必始於人性，某些情況下，反而助長了人的許多惰性與惡習。

《黃帝內經》的「寶命全形論」中岐伯說：「人生於地，懸命於天；天地合氣，命之曰人。人能應四時者，天地為之父母。」岐伯意思說，人靠大地物產供養生長，要能適應天候四時變化，與天地相融共處，所以天地堪稱為

人的父母。唉，可惜這樣的道理，現在人聽不進去了，科
技文明讓人變得霸氣貪婪，功利讓人肆無忌憚的迫害自然
生態、滅絕物種、污染空氣、污染水質、污染土壤，到頭
來，天地反撲，人又將何處安身立命？

　　當老天爺風調雨順時，人間不也五穀豐收、牲畜興
旺、山明水秀，一片安然和諧。一年四季因著不同的生
態地理環境，出產不同作物品種，滋養著一方人口。人為
生活起居汲汲營營奔波籌措，面對多變氣候、種種競爭壓
力，生病在所難免。當健康出了問題，中醫便善用天地自
然間，各式各類不同偏性的植物、動物和礦物來矯正身體
的失調。怎麼來怎麼去，中醫治病，哲理很深，卻也絕
妙，如果一位中醫師的悟性不夠，只會照本宣科、依樣畫
葫蘆套方，還真難做到活用藥物如
神的「一劑知、二劑已」；包括對
經絡針灸、推拿按摩、拔罐刮痧，
也是一樣！

　　對於中藥裡最大宗的藥草採
集，要幾年生？或什麼季節採收？

中醫有著非常嚴謹的規範，一般來說，根類要在深秋或初春、莖葉類要在生長的全盛期、花要選含苞或初放、果實要初熟未老時、種子核仁要熟透、樹脂類要選乾燥季節。採藥要注意天候，避開陰雨期，以免藥草不能及時翻曬而腐爛變質。接下來的炮製與貯藏，步步更是偷懶不得的工夫。

如果買過中藥材，比方說最常用的枸杞，店家會問要哪種等級的？這所謂的等級，產地是重要的「身份」指標。因為中藥講究藥性治病，之所以注重產地，要求使用「道地藥材」，為的就是要讓不同地域環境、生成不同的藥性所偏，能發揮出最好的矯正醫治作用。這就是為什麼有些中醫開方子，會交待雖然有價差，最好還是用產於什麼地方的藥材。

一帖中藥，常常配伍好了是厚實的一大包，這和用藥的「君臣佐使」有關係，主藥謂之「君」，所以是針對病本身所開的藥。「臣」，是指能助主藥一臂之力，或是能制衡主藥的毒性或烈性的藥材。「佐」藥，是幫主藥、臣藥發揮療效，或防止藥力衝過頭。所以某些時候，醫生會

開「反佐」的藥材置入處方中。而「使」藥，則是引經報使，也就是說，在引藥歸經這方面，是很強的；另外就是調和諸藥，例如大家熟知的甘草，可算是中藥材裡的「和事佬」。

　　性寒涼的中藥，可以抑制新陳代謝、減緩器官亢進和血液循環；反之溫熱的中藥，便是可以促進新陳代謝、活絡器官和血液循環的。《神農本草》經上記載的「療寒以熱藥，療熱以寒藥」，說的就是中藥材藥性的寒、熱、溫、涼、四氣對人體疾病寒證、熱證的應對治療。

　　不止用藥，在下針治療時，一樣要「必候日月星辰，四時八正之氣，氣定乃刺之。」因為《內經》「八正神明論」中岐伯說了：天氣晴和時，人的氣血運行濡潤疏通；陰寒時氣血凝澀沉伏；上弦月時，氣血開始充盈；滿月時，氣血最為充沛，等到了下弦月時，氣血會虛弱潛藏。中醫下針時，除了考慮經絡穴位的井、滎、俞、經、合五腧穴，俞穴、募穴、絡穴、郄穴，及八脈交會的八會穴外，「子午流注」和「靈龜八法」，也是常被用到的依天地時辰，開穴治療的法則。

　　一個身體健康的人，當春天來時，會感覺身上的經絡之氣，像春水般活潑的流動；夏天時，因陽氣的旺盛，連肢體末梢都是充盈滿溢的、所以肌膚紅潤；到了長夏之時，豐沛氣血便足以滋養肌肉；秋天來了，天地萬物開始收斂，我們的皮膚也跟著腠裡緊縮；到了冬天，萬物多潛藏蟄伏，人的陽氣也跟著深藏入骨髓、聚集於五臟之中。看，人和大自然四時的春生、夏長、秋收、冬藏多長相左右的一心一意相隨！這可不是我隨便說說，是《內經》「四時刺逆從論篇」裡，岐伯跟黃帝說的。

　　人生病了，要恢復健康，求諸於本身的自癒能力外，自有天時地利的藥物，小從時辰，大至節氣，有條理有步驟，在中醫師的幫忙下解碼醫治，天之所以為天，自有祂的慈悲；地之所以為地，自有祂的寬容。可歎人不珍惜，敬畏天地成了迷信，挑釁天地成了人定勝天，真是這樣了嗎？所有蠻橫加諸於天地的污染破壞，透過人每天賴以存活的陽光、空氣、水質，透過食物鏈，依然回到人的身上，人將不斷給自己培養造就出什麼樣的變種疾病呢？

─ 人助 ─

不止是一般的民眾吧？包括西醫，你跟他說：「腎主骨生髓，上通於腦，所以腦為髓之海，所以牙齒為骨之餘。骨刺、骨鬆症、老人癡呆症、耳鳴、禿頭掉髮、腳跟無法著地走路……都跟腎臟脫離不了關係。」如此一來，至少會有骨科、腦神經內外科、耳鼻喉科、牙科、婦科、新陳代謝科、皮膚科等醫師，會狠狠賞你個大白眼。

美國醫學學會，在針對藥物使用做一系列調查之後，提出警告：我們必須要開始教育民眾，醫生的責任，不在於開藥，醫生的責任應該像老師一樣，來教育民眾：「當吃下這些化學藥品後，會有什麼樣的副作用。」想過一個有趣的問題嗎？為什麼西藥廠需要不斷的鑽研、開發新藥或疫苗來應付許多疾病的抗體與層出不窮的變種？而中藥許多正統經典方劑，卻可以在歷經千百年後，依舊療效不減當年？因為中醫在「醫人」！一個整體的人。西醫在「醫病」，就一個病治一個病。

在一次採訪中，一位北部數一數二教學醫院的科主

任醫師談到用藥，他說：「我常在課堂上提醒準醫師們，當下筆開藥的時候，一定要多斟酌三思，要有同理心：如果這個病人是我家人，我非給他吃這麼多藥嗎？濫用藥物，是一個很可怕的問題！撇開健保虧損黑洞爭議問題先不談，這種行為，不僅是在欺騙病人，也請捫心自問：你在替誰開藥？藥商嗎？病人說這痛那痛，一堆的止痛藥，先開去吃了再說；病人說拉肚子，而你為求快求效果，止瀉藥猛開，讓病人到頭來成了便秘解不出來，這行嗎？用藥的適可而止拿捏，分寸只有醫師自己心知肚明，下筆開藥前請多想想，如果這個病人是我家人，我非給他吃這麼多藥嗎？」讓我極為震撼的一席話，言談之坦蕩，一針見血。

生病了，能求助的唯有醫生。所以病人多會打聽醫生的風評，醫術如何？醫德好不好？聰明的病人，除了要懂得找對好醫師，更要知道怎麼和醫生討論溝通病情，好讓醫生能很快聚焦的幫你追出病因，從根本來治療，這才是正確的方向。屬於病人自己該做的功課，病人進診間看醫生前，做好「前置作業」了嗎？

　　醫生也挺害怕一問三不知的病人，醫生朋友私下抱怨過：「一次門診近百位病人，我又沒透視眼，就那短短幾分鐘門診，病人語焉不詳，有些疾病的相似度又很高，連到底哪裡不舒服？怎麼個不舒服法？都說不清楚，跟醫生玩謎猜啊？真是耽誤時間又急死人，看病前，先整理一下要跟醫生說些什麼重點吧，這樣彼此都好進入狀況！」身為資深病人，對這樣的說法很中肯，能接受。一個支支吾吾搞不清楚自己不舒服的病人，不只醫生會急，在診間外候診的其他病人，也會更急著計時，怎麼那麼久？幹嘛要那麼久？

　　一直以來，醫生和病人像翹翹板的兩端，醫生很高高在上，病人是唯唯諾諾低聲下氣求救的一方。只要是人，一有疏忽不免犯錯，各行各業都一樣，醫生也可能無意犯錯，那身為病人，就該要學會幫自己多少把個關。在教育程度提升、資訊如此通達的年代，察覺不對勁生病了，自己不難先做初步的研判，起碼也有譜要找什麼醫生看？要問醫生什麼問題？網路健康相關資訊真真假假貼來貼去，尤其是暗藏產品的置入行銷，說得跟真的一樣。大醫院的

疾病衛教官網，在資訊把持上是嚴謹的，是病友可以放心
去瀏覽參考點閱的。

　　對一個有心積極對抗疾病的患者，醫生也會相對加把
勁協助；生病了，不是看過醫生後，不管三七二十一，都
唯醫生是問，病人自己，也要學會當個盡責的好病人。檢
討生活起居飲食習慣、學會自我要求的健康管理，特別是
運動，要持之以恆的做，就算是勉強也要逼著自己做，動
則得「救」，此言不差，這是在幫自己，不是在做給醫生
看，或是為了給誰有交待。

　　親如父母，都難跟著照顧兒女一輩子，何況一個醫
生，要面對的病人多如過江之鯽。醫生能幫忙治一時的
病，但是一生的健康修補維護，要靠病人自己徹底覺悟，
才會對自己的生活起居習慣有所要求。自我健康管理，是
意志力貫徹的馬拉松賽，就算有師父指導進門、加油打
氣，最終還是要靠病人自己，走這條知易行難、不斷自我
挑釁的辛苦勤修之路！

－ 自助 －

　　身為一個病人，醫生在幫你看病的時候，你是否也趁機觀察你面前的這位醫生呢？不是說要你看俊帥美醜啦，是觀察醫生的態度，如果是中醫，他把脈時說的所以然、對你的病證嗎？中醫治病情志因素很重要，這部份他顧及到了嗎？若需要針灸時，他做到「針而勿灸、灸而勿針」嗎？因為庸醫針灸齊用，徒增患者痛苦。

　　病來如山倒、病去如抽絲，有些積疾頗有年代的複雜疾病，不是那麼容易撥雲見日找到病根，如果又碰上兩光醫生，有一卦象形容很傳神：「履霜堅冰至」！生病的時候，通常運勢低落，如果碰上草率醫生，不能「見微知著」，而病人又對自己身體漫不經心，反正醫生怎麼說怎麼信，沒有正確相關知識做研判，也不尋求第二諮詢意見參酌，下場就怨不得別人，這是Common Sense！

　　遇見好醫生是病人莫大福氣，但醫生病人之間，是要

相輔相成的。醫囑，醫生有交待，問題來了，病人聽進去了多少？又確實做到多少？光是按時吃藥這件事，不少病人都很難遵守吧？包括我自己，更何況要「按時」回診。忙，好像是大家挺理直氣壯的藉口，往往七天份的藥，老實說，拖了幾天才吃完呢？唉，不過話說回來，有時候也真的一忙起來，三餐都不見得能正常吃了，何況那些要飯前、飯後和睡前吃的藥？忙與壓力，也算是時下折損健康的無形雙煞吧？

　　有些疾病，不再痛了，看似應該痊癒了吧？卻只是收斂一時，好欺騙病人別趕盡殺絕。可是，這種潛伏偽裝，瞞不過眼尖好醫師，就算醫師有心幫你，捫心自問，自己是不是個肯遵守醫囑合作聽話的「好」病人呢？低頭想想我自己，就是個很皮的病人，只要一不痠不痛不痙攣了，就和醫囑天高皇帝遠，先我行我素快活一陣子再說，自討苦吃，也算活該！

　　「真藥醫假病；真病無藥醫！」莊淑旂博士總提醒我：「別小看人體的自癒潛力，很多病，中醫不過是從旁加把勁調理，協助病人把自癒能力活絡起來，讓疾病無法

在陰陽平衡的體內橫行。但是如果自己的壞生活習慣不改不修正，消耗殆盡自癒力，當病勢凶狠一來，再高明的醫生，也都一樣是束手無策。」

不管什麼原因，生病了，選擇治療、求醫問診外，請一定要自己相信自己，是可以全力以赴的追求一個程度的康復！「真心誠意要求自己，順應天生自然的生理時鐘作息，接受大自然的節氣食材滋養，不論春夏秋冬，都要能走進大自然，去面對不同氣候變化的洗禮與鍛練。治病過程，病人自己的心態才是左右成敗的關鍵，醫生再怎麼厲害，也只能從旁輔助診療，所以一定要相信自己，努力落實改變生活習慣是有用的，別輕易就投降、消極的放棄一切！」

博士說得是啊，中醫向來認為，人原本就是大宇宙中的一個小宇宙個體，把自己融入大自然時空，以歡喜的心，順著日出而作日落而息，有足夠的營養補充和修身養性，不過勞、不超負荷透支，身體的腑臟器官，又怎會聚眾抗議？怎會興兵作亂？又怎會對入侵的內因外感不堪一擊呢？

　　和中醫談戀愛以來，慢慢懂得停下腳步，回頭檢視自己的生活心態，很多時候，病能纏上身，是自己門戶大開的對疾病說「歡迎光臨」的！連神醫扁鵲，都說有六種不治之人：驕恣不論於理，一不治也；輕身重財，二不治也；衣食不能適，三不治也；陰陽并，藏氣不定，四不治也；形羸不能服藥，五不治也；信巫不信醫，六不治也。

　　翻成白話文是說：高傲任性不說道理的人，一不治；要錢不要命的人，二不治；穿衣飲食、生活起居不能有所節制的人，三不治；病已入膏肓神仙也投降的人，四不治；閻王老爺已經御筆硃批的人，五不治；相信怪力亂神而不信正規醫生醫術醫療的人，六不治。

　　漠視身體健康，生活飲食起居不正常，光是這兩項，放眼周遭諸親朋好友，至少就有一半以上的扁鵲拒絕往來戶，只怕扁鵲再投胎，生在當今之世，目睹垂危的地球、傲慢的人類，如此肆無忌憚的過日子，也恐怕要抓狂吧？看來現代的醫生，不論是中西醫，要面對這一大群自製自產疾病，還玩得不亦樂乎的患者，也是一大艱苦卓絕「狠」傷腦筋的奮鬥吧？

　　所以說想想：看病是件多浪費時間的事，醫生看你三五分鐘，未必一次解決問題，你卻得花上數十倍的三五分鐘漫長候診，越麻煩的病，還不見得一回就遇上對的好醫生；想想健保越來越多的不給付，隨便一項自付額，都會讓升斗小民荷包打結，醫療院所不是可以喊價殺價的地方，要使性子揮霍健康時，別忘了現實，先掂一掂自己有多少本錢？足夠肆無忌憚的生病就醫嗎？

　　最後，來說說運動！我們的四肢，分佈著和五臟六腑相聯的二十四經絡，換句話說，鍛練四肢，不但是可以活動筋骨、疏通經絡，還可以帶動五臟六腑的調養。上肢的經絡有心經和相表裡的小腸經、肺經和相表裡的大腸經、心包經和相表裡的三焦經，所以長年累月上肢懶得運動的朋友，心肺功能會比較辛苦。

　　運動，不在挑戰高難度，不當和過度的運動，造成的傷害不止在筋骨，嚴重還會波及到腑臟。就算再簡單的體操、或是散步走路、爬爬山，只要是適合自己體能負荷的運動方式都可以，重點在於要認真地做，「咬牙切齒」心不甘情不願也得持之以恆地做，盡可能天天花點時間做！

　　「這樣很壓迫自己，真的勉強得很辛苦耶！」剛開始嚴格執行「健康禁奢條款」時，忍不住抱怨。「如果不讓體能的鍛鍊，隨時都保持在養兵千日的狀態，萬一生病，等需要戰鬥力了，用在一時的能量積蓄，就見真章了。」莊淑旂博士加油打氣的道理，讓抱怨自動閉嘴。

　　有句話說：「人老先老腳、養生先養腳」！看看我們的雙腿上，有相表裡的腎經跟膀胱經，肝經跟膽經，脾經跟胃經，和分佈於雙手經絡最大的不同，在於不管是上行或下走，都會貫穿頭、身、腿、到腳丫、腳指頭，這也是中醫說的以足統手，言足經、手在其中矣。這也是為什麼，中醫會鼓勵多走路、多爬山的原因，跟很多練家子的入門功，也是很著重拉腳筋、扎馬步的道理是一樣的。

　　對熟年族群來說，多走路，除了強化太陽膀胱經防衛

於表的功能外，也等於是在訓練加強腎臟的功能，腎臟藏人的元陰元陽，是生殖發育之源，主骨生髓通腦，主管記憶，又管聽力，一旦老化，人自然就跟著衰弱。所以要健康長壽又長保年輕，就算多少帶勉強，也要求督促自己多走路，或常爬爬小山，緩坡度的上山下山步道走走更好，對減緩老化，是絕對有幫助的。

　　人生很多事，在資訊爆炸的今天，一定要懂得分辨與判斷，健康事才真正是人生的「終身大事」！當所謂的「健康產業」，被名列為商場上，一大消費前景潛力十足產業時，坦白說，是很憂喜參半的；喜的是透過商業行銷的五花八門搶眼包裝，或許能讓大家對自己的健康多留點心，能多有所警惕。憂的是，健康事是生死大事，命，豈是隨隨便便？能被花言巧語誘拐著？這也嘗嘗、那也試試嗎？如果不明就裡，糊裡糊塗上當了，姜太公釣魚，可是你自己願意被釣上鉤的，到頭來，自己恐怕才是得付出最大責任與代價的吧?

　　儘管族群認同，也算當今的流行之一，可是我想，一定沒有人歡喜願意，被歸為「破病」一族的吧？生病了，

要選什麼醫生看病，是很個人化的自由！病越麻煩，病人和家屬心越茫然無措、舉棋不定，除非你有優勢背景可靠，否則在現行的醫療制度與環境下，病人要能碰上對症病除的好醫生，還真是得看造化、賭一把啊！

依然要再次提醒與建議：

　　沒生病的時候，當學習順應天時地利的自然以養人和，是再簡單、實際不過的養生保健、抗衰老方法！

　　當生病的時候，病人和家屬，該知道如何選擇一種治療方式，是降低副作用殺傷力、是對恢復健康更好的！

　　這樣的「養生保健」和「求醫問診」選擇教育，已經是學校老師沒有教的事。是需要仰賴有心扶持宣導的中醫師，「額外」辛苦「長期」的衛教工作。知道很多中醫師，不為名不為利，跋山涉水投身義診的善舉，令人動容感佩；可是久久才輪到給次魚，不如教會怎麼釣魚；真心

期待，中醫也能和西醫一樣，匯整資源、主動出擊教育民
眾：

　　中醫是怎樣從大自然和日常生活中，簡單順勢做到預
防醫學？

　　中醫治病不玄虛，是可理解、有憑有證有根據的！

　　中醫在治療疾病的方法上，是「面面俱到」調兵遣將
的！

care 04

跟中醫.談戀愛

作　　者：二泉印月
繪　　圖：菊子
責任編輯：韓秀玫
美術設計：林家琪
法律顧問：全理法律事務所董安丹律師
出 版 者：大塊文化出版股份有限公司
　　　　　台北市105南京東路四段25號11樓
　　　　　www.locuspublishing.com
讀者服務專線：0800-006689
　　　　　　　TEL：(02) 87123898　FAX：(02) 87123897
郵撥帳號：18955675
戶　　名：大塊文化出版股份有限公司

總 經 銷：大和書報圖書股份有限公司
地　　址：台北縣五股工業區五工五路2號
　　　　　TEL：(02) 89902588 (代表號)　FAX：(02) 22901658
製　　版：瑞豐實業股份有限公司
初版一刷：2010年6月
定　　價：新台幣200元
ISBN：978-986-213-190-9

Printed in Taiwan

LOCUS

LOCUS